蝕刻

柾木政宗

KODANSHA

装幀　杉田優美（G×complex）

食刻

Sincerity is the eventual deception of all great men.

偉大なる人々にとって、誠実さは結局のところ自己欺瞞《ぎまん》にすぎない（筆者訳）。

レンブラント

プロローグ

E駅から数分歩いたところにあるバー『今《いま》のは嘘《うそ》』では、静かな時間が流れていた。革張りのソファ、木目の美しいテーブルが客の訪れを待っている。

バーテンダーは静かにグラスを磨《みが》き、たった一人の客――美丘静恵《みおかしずえ》は、いつものマティーニを静かに口に運んでいる。グラスの氷がカランと音を立てた。

常連客である美丘の普段とは違う態度に、バーテンダーは気付いていた。わずかに飲むペースが早い。心配するような、とろけるような目で宙を見つめている。何度も指をこすりつけて、何かに焦るような仕草《しぐさ》が見て取れる。

美丘は五十歳を超えているぐらいだろうか。今日は普段より化粧が厚ぼったく、逆に目元の皺やほうれい線が目立ってしまっていた。

珍しく髪はアップスタイルで、ふくよかな体型は深いグリーンのワンピースを纏《まと》っている。胸元がざっくり開いており、彼は目のやり場に困っていた。ウッディ系の香水もいつもより強く香っている。

美丘はH町からほど近いO駅近くに歴史あるギャラリー『セゾン・ド・ミューズ』を経

営している。そこで展示された作品は間違いなく付加価値を得ることになり、見る目のある好事家《こうずか》はもちろん、O駅の小洒落《こじゃれ》たギャラリーでアートを買ったというステータスが欲しい無知な愚か者に至るまで、あらゆる人種の耳目を集めるとの評判だ。

そのため美丘の下に有望な若手アーティストが大勢集まってくるのは当然なのだが、一方で美丘は傲慢《ごうまん》で欲深い性格であることも知られており、なぜかセゾン・ド・ミューズで展覧会を開くのは、容姿の整った男性アーティストのみであることもよく知られていた。

バーは会員制で、必然的に店内ではセンシティブな話題が繰り広げられる。今は夫婦となったある芸能人カップルが恋人同士だったときに来ていたこともあれば、後に経済界の一大事と呼ばれた某有名企業同士の合併の際、トップ同士が最初に顔合わせをしたのもここであった。

バーテンダーは光のない目をしながら数々の秘密を耳にしてきた。興味がないように装うものの、店の外で誰かを口説くとき、そんなゴシップを材料にしていい思いをしていることは誰も知らない。

そこに一人、客がやってきた。

老若男女振り返るような、ギリシャ彫刻のように整った顔立ちの男だった。小さな顔に切れ長の鋭い目、高い鼻。白い肌が薄暗い店内でほのかに青白く光る。

すらりとした長身は細身のブラックスーツに包まれ、オールバックにわずかに額に垂れた濡《ぬ》れた髪が官能的な魅力を引き出していた。

美丘は男のほうを振り向く。その途端口元がほころぶ。

男はすかさず「美丘さん」と微笑《ほほえ》みかける。

「あら、本当に来た。早乙女《さおとめ》さんのことだからすっぽかすかと思ったのに」

美丘は挑戦するような目つきで言う。男性は早乙女というらしい。

「そんなことしませんよ。だってあなたは有名ギャラリーの経営者なのだから、呼べばみな来ますよ」

「そうじゃなかったら誰も来ないってことね」

「じゃないですかね」

二人はほほ笑み合った。

それから互いを知るために距離を縮め合い、かと思いきやあえて間隔を空けて牽制《けんせい》し合うような、もどかしさを保《たも》つための会話が続いた。もどかしさはきっと、この後のベッドのために演じているのだろう。

やがて二人の間で、外に出ようかという話が始まっていた。

もたれかかる美丘の様子から、この後どこへ行こうとしているか自明だった。

美丘が早乙女に見とれたその瞬間に、雰囲気作りは不要となったのだろう。

バーテンダーは光のない目の奥で、そう推察を広げていた。

カウンターの下で二人は手を絡ませ合っている。いつのまにか肩と腕の動きだけでわかるようになっていた。

外枠を丁寧にしつらえるほど、内部ではどんな粗相《そそう》も許され無秩序となる。

ドアが閉まる瞬間、待ちきれずに美丘が早乙女に抱きつくのが見えた。


グラスを磨き終わり一段落していると、そこに早乙女が戻ってきた。

「根回しに来ました」

疲れた様子の早乙女は、シャツのボタンが取れて髪も乱れていた。ウッディ系のにおいが香っている。

「あの人のためにジンをボトルで入れておいてください。次来たとき、これを渡してほしいんです」と、バーテンダーに小さな手書きのメモを渡した。

『素敵な時間になりましたでしょうか？　これはお礼です。また連絡ください。待ってます。　早乙女真琴《まこと》』

目の前の男の本名は、早乙女真琴というらしい。早乙女真琴は、ため息交じりに椅子《いす》に座り、投げやりに注文した。

「とにかく強いカクテルください。強いのがいいんです」

乱暴な注文だが、バーテンダーは一瞬考え込むと、グリーンアラスカを作った。ジンとシャルトリューズヴェエールを加えて作る、アルコール度数四十四パーセントのカクテルだ。

バーテンダーはカクテルを渡した。「かなり強いですよ？　飲めますか？」の質問に考える間もなく、「飲まないです」と、早乙女はそれを一気に口に含んだ。

不思議な返答に戸惑っていると、早乙女はそのままトイレに駆け込んだ。ドアを開けたままだったので、ぐちゅぐちゅと口をゆすぎ、ペッと吐《は》き出す音がした。

口《くち》の端《はし》から垂れたのを拭《ふ》きながら、早乙女は戻ってきた。前髪がはらりと額に落ちる。

「汚くて臭いの何十分も舐《な》めさせられて、口の中消毒したかったので。でもさすがです。スーッと爽《さわ》やかになりました」

自分の作ったカクテルをうがいに使われる。不愉快ではあるが、これぐらいで腹を立てていたら水商売は務まらない。

「お疲れ様でした、今のは私から」と、一言告げた。

「ありがとうございます」と、早乙女は静かに微笑む。しかし涼しい笑みはまたすぐに消えた。

「まだ口の中気持ち悪いな。やはりお金出すので、今のもう一杯ください――いや、また別のにしようかな」

すぐにもう一杯作る。うがいに使われるとわかっていても、注文である以上手は抜かない。

「レモンと砂糖をかじってからブランデーを味わうニコラシカです。こちらもごちそうします」

「すごいですね、これ」と、早乙女は目を丸くする。

ブランデーを注いだグラスにレモンで蓋《ふた》をしてその上に砂糖の塊《かたまり》を乗せる、変わり種のカクテルだった。

うがいに使われるからこそ、口にするまでのわずかな時間だけでも楽しんでもらえるよう、見た目で演出したかった。妙なプライドを発揮する自分が内心照れくさい。

早乙女は言われたとおり、レモンと砂糖をかじりブランデーを口に流し込む。そしてその場で上を向きうがいを始めた。そしてトイレで再び吐いてきた。

「嫌ですよね。商品をこんな扱いされて」

強く言い返せないと判断しているようで、早乙女に悪びれる様子はなかった。

返事に窮するバーテンダーに、早乙女は「お礼です」とスマホを見せてきた。この世の全《すべ》てを嘲笑《あざわら》うような表情だった。

ねっとりとした喘《あえ》ぎ声が店内に大音量で響く。美丘がベッドの上で乱れている動画だった。顔は映っていないが、挿入しているのは早乙女だろう。擦《こす》り合《あ》うたびに美丘のたるんだ身体《からだ》が波打っている。

「けっこうです」

バーテンダーは眉《まゆ》をひそめ目を背けた。見たいものでもなかったし、次に美丘が来店したときに、この痴態を思い出すのも嫌だった。

「ですよね。でもこんなのがお宝になるんです。何でですかね」

自身で撮影した動画なのに、早乙女は不思議そうに首をかしげていた。

早乙女も帰って再び一人になった後、バーテンダーは早乙女真琴についてスマホで調べてみた。そして意外な検索結果に困惑する。

プロフィールには輝かしい経歴がずらっと並んでいた。美術のことなどわからないが、とにかくすごい人物であることは間違いなさそうだ。

早乙女真琴。

東京美術大学銅版画専攻卒。高校在学中に美術評論家、影塚孝志《かげづかたかし》の薫陶《くんとう》を受け、徐々に頭角を現す。

人間存在の根源に迫るような荒々しい構図とタッチ、時に写実的に時に抽象的に、また時には一枚の絵にその両方を混在させながらモチーフを刷り上げる手腕が高く評価され、日本美術賞、銅版画大賞など数多くの賞を受賞。特に国際アート賞の金賞を銅版画で受賞したのは、百余年の歴史で早乙女ただ一人である。

代表作は『自画像』『パライゾ』『深海魚』『光』など。

作者からのメッセージ：貪欲なまでに理想を追い求めて、僕だけの銅版画を制作していきたいです。

美丘静恵と繋《つな》がりがあるなら、美術界に属する人間かとは推測していたが、思いがけず才のある人物らしい。先ほどの男はずいぶんと軽薄そうに見えたが一体――

バーテンダーはあらためて、ウェブサイトに掲載された早乙女真琴の顔をまじまじと見た。優しく微笑むその裏に、何を考えているか見当がつかない薄ら寒さを覚えた。

第一章

1

軋《きし》むような金属音と布を擦ったような音、そして荒い息遣いがアトリエに響いている。

窓から入ってくる木々や土の青臭いにおいに、インクの苦みが混ざり合っていく。作業中、いつも鼻腔《びこう》をくすぐっているにおいだった。

真琴はいつも、砂糖がたくさんかかった輪切りの檸檬《レモン》をタッパーに入れて持参しているが、その爽やかな香りをこの部屋で感じることはほぼない。

夕闇に沈んだ薄暗いアトリエ内では、ニードルの音が響き静寂を削っていた。無造作に積まれた道具や作品を、幽けき光が照らし長い影を落とす。

雪のように繊細で白い真琴の肌は、蛍光灯に照らされるとまるで発光しているように見える。ひんやりとした金属机に手をつき、真琴はせっせと腕を動かしていた。

黒いTシャツはタイトなサイズで乳首が浮き上がっている。袖《そで》は肩までまくられ、折れそうな細い腕が際立ち、下はカーゴパンツで動きやすさを重視している。

インクをよく練り顔料と油分をよくなじませ、さらに軽く温めて柔らかくする。ローラーを使いそれを銅板に塗り込んでいく。細く柔らかい髪が目にかかったので、そっと顔を振って払う。銅板に刻まれた溝にまんべんなくインクが行き届くよう、ゴムべらも使い入念に詰めていく。

それから寒冷紗《かんれいしゃ》という目の粗い織布を使って余分なインクを拭き取れば、溝にのみインクが詰まった状態となる。最後に銅板の四辺――プレートマークに残ったインクも拭き取れば印刷の準備が整う。

プレス機に銅板を乗せ、その上に事前に湿らせておいた紙を置く。印刷がひしゃげたりムラができるのを防ぐため、一定の速さで最後まで一気にプレスローラーを回す。トクトクと音が鳴る。

どんな印刷になるのだろうかと、期待や願いは最小限にする。代わりにそこには、ただの好奇心がある。集中力も相まって、真琴の身体はいつもじんわりと汗ばむ――。

銅版画制作において印刷はほんの一過程にすぎない。しかしその中にもインクの出来や温め具合、紙の種類や濡れ具合、ローラーの調子、室内の温度や湿度など、印刷に影響する要素が山のようにある。

一枚、試し刷りを終える。『都市生活者』という銅版画で、高層ビルや張り巡らされた道路の中を、蟻《あり》のように行き交う人たちを描いている。都市の活力に飲まれる個人の孤独を描いたつもりだった。かなり細かい線入れが必要となる、真琴としても挑戦となる作品だった。

だが今回の試し刷りは失敗だった。インクが濃く出過ぎて、精細に描かれるはずだった線が妙にぼてっとしてしまい、都市のクールな雰囲気が台無しになっている。

しかしいちいち落胆はしない。銅版画は試し刷りが工程の一部のようなもので、かと思えば場合によっては試し刷りのはずが、それを完成とみなすことさえある。

今回の試し刷りは、ややインクの色濃さが際立ちすぎたように感じた。乾燥して様子を見ることにする。試し刷りを一見してネガティブな感想を抱いたが、これは失敗ではなく、完成に必要な過程だった。檸檬の砂糖漬けを口にする。酸味で口が、キュッと引き締まる。

銅版画の制作を始めて七年が経《た》った。高校二年生のときに始めて、気が付けば二十四歳になった。パトロンの影塚のサポートもあって、高校卒業後は制作に集中する環境ができている。

学べば学ぶほど、銅版画への興味は尽きない。

職人のように細かい技術や勘が必要とされる場面もあれば、それだけではコントロールしきれない、運が作用する面もある。どんな熟練者でも、一から十まで全工程を掌握しきれないのが銅版画だ。

だからこそ思う。銅版画の制作に、心の揺らぎはどれほど影を落とすのか。知らない間に工程の隅々へ染み込む感情。それがわからないなら、満足いく作品も技術ではなく偶然の産物となり、運の領域となるのではないか。激情、悲嘆。感情の波に手元を揺らし、銅板に線を刻んでいっても、心の奥底と向き合って制作したものと言えるのだろうか。

　集中して制作したのか不安だという話ではなかった。運が作品の出来を左右するなら、制作者の思いなど霧散するのではないかという疑問だった。

　ただそのことが己を啓蒙《けいもう》する材料となり、思いをぶつける契機になるのかもしれない。それが作品の出来に結びつくのかもしれない。どこまでも『かもしれない』でしかない。

　真琴は机の上の、クロッキー帳を手に取った。今度制作予定の銅版画――自画像の下絵を制作している。静かな室内に、今は息遣いだけが響く。真琴の軽く開いた口からは、ちょこんと前歯が覗《のぞ》いている。無邪気な少年を思わせる表情だ。

　創作活動は孤独というが、日常は常に他者の目線に触れているから、単にそうでない状況が珍しいだけでは、と考える。

　孤独とはまるで二重否定のように、孤独ではない状況を思い浮かべ、自身はその状況にないことを意識して初めて陥《おちい》る感覚だ。またその状況は、非現実的な理想の世界であることも珍しくない。

　何も語らずとも全てを見通すようなその細い目で、鏡の中の真琴は画用紙に視線を落とす――いや、落としたはずだ。実際の真琴と鏡の中の真琴は同時に動くから、画用紙を見ている自身を鏡で見ることはできない。

　真琴は以前にも『自画像』という題の銅版画を制作している。あるベテラン画家主催のコンクールで入賞した作品なのだが、真琴としては鏡を見ながら銅板に自分の顔を描いていっただけだった。しかし嫉妬《しっと》した同業者から『デスマスク』と揶揄《やゆ》されるほど真琴の顔を再現することに成功しており、真琴の名をまた業界に知らしめる一作となった。もちろん立体である顔を銅板に写すには相応の技術が必要であり、受賞は影塚のアドバイスあってのものだった。

あれから三年経ち、今自画像を描くとどうなるか好奇心があった。

都合よくこの部屋に大きな姿見があったこと、大きな銅板が用意できたこと、先日雑誌のインタビューで赤枝宏伸《あかえだひろのぶ》に会ったことなど、いろいろ重なり合った結果、制作に取りかかる理由ができた。

何においても、理由というものは一言で言い表せない。いつでも理由なんてものは、溶けた金属のように形が一定せず、自由に姿を変えていく。だからといって、その時々に描いた理由が浅くなるものではないことを願っている。

再び『都市生活者』の制作に戻ることにした。試し刷りを経《へ》て、もう少し線を加えたほうがいいように思った——いや、線を加えたくてどうしようもなくなった。

ウエスという柔らかい布、歯ブラシ、サラダ油、台所用洗剤を使って銅板に残ったインク汚れを取る。水洗いをしてぴかぴかになった銅板を前に、再度ニードルを手に取る。

銅版画は凹版《おうはん》という手法であり、線にしたい部分に溝を作り、そこにインクを詰めて刷る手法だ。黒くしたくない部分を彫る木版画とは反対のアプローチとなる。

そして溝の作り方には二種類あり、直接法と間接法がある。直接法は銅板を直接傷つけることで溝を作る方法となり、こちらのほうがイメージしやすいだろう。ドライポイントやメゾチント、エングレービングなどの技法がある。

一方の間接法は、銅板を腐蝕《ふしょく》させることで溝を作る。

真琴はこちらを好み、部分的にのみ直接法を採用することで銅版画を制作している。

まず銅板の表面にグランド液を塗る。グランド液は銅板を腐蝕から防ぐ防蝕《ぼうしょく》の役割を果たす。それが乾いたら、ニードルなどを使って腐蝕させたい部分のグランド液を丁寧に剝《は》がしていく。そして銅板を腐蝕液に浸《つ》ければ、グランド液が剝がれた部分だけ溝ができるという流れだ。これがエッチングという最も有名な技法となる。

直接法も間接法もこうして銅板に溝を入れていき、後は試し刷りを繰り返して、手を加えたい部分を明確化する。またグランドを塗り乾かして銅板にニードルを入れていき……といった作業を繰り返し、完成形へ近付けていく。

ニードルで少しずつグランドを剝がしていくエッチングは、繊細な絵を描ける銅版画制作の肝ともいえる部分だ。線の細い太いはこの後の腐蝕時間でコントロールするので、実際は銅板に薄く張ってある膜を優しく剝がすような作業となる。

銅板に細いニードルを立てて線を彫っていく。知らない人はそれを聞いただけで首の後ろがむずむずするような、肩をすくめたくなるような感覚に陥る。黒板に爪《つめ》を立ててこすったときに出る、あのキーキーと耳障《みみざわ》りな音を連想するからだ。

だが実際は違う。エッチングに力は必要なく、グランド液を剝がす作業なので、つんざくような高音はもちろん、何かを引《ひ》っ掻《か》いているような感覚もない。

どちらかというと、ニードルにグランドがまとわりつくような粘《ねば》り気《け》を感じるはずだ。極端な言い方をすれば、消しゴムに針を突き刺すような感覚が近い。ニードルでグランドを削ると、消しクズのようなくずも出る。線に入ってしまわないよう、削りくずは丁寧に取り除いていく。

このように繊細な作業ではあるが、制作しているのは絵そのものではない。

直接的に描き込む絵とは違い、版画は実際に刷るまで、どういう絵になるか細かい部分は予測し得ない。刷ってみたら思いがけずいい出来だったり、その逆もあったりするわけだ。

何がどう転ぶかわからないのが銅版画制作である。ここだけは確かに自分の手により、自分の世界を表現した箇所だという証《あかし》がほしくて、ニードルを使うのかもしれない。

銅板という小世界に線を刻んでいく技術。そこにかけられた思い。

好奇心が線形になって、またそれが別の好奇心を呼び覚ます。人の手によって世界が描かれる美しさ。

腐蝕作業は銅板を腐蝕液に浸けることで行う。腐蝕液は塩化第二鉄と硝酸《しょうさん》の二種類がある。塩化第二鉄が茶褐色なのに対し、硝酸は使い込むことで青が濃くなっていくと言われている。

真琴は硝酸での腐蝕を好む。硝酸のほうが線が柔らかくなり、刷るまで微妙なニュアンスがわからない。そのため思いがけない雰囲気がもたらされる楽しみを、より強く感じることができるからだった。もっとも硝酸には一つわずらわしい点があるのだが――。

こうして一連の過程を考えると、銅版画制作の意思ではどうにもできない部分に真琴は魅力を感じている。間接法を好むのも、腐蝕という要素があるからだ。

腐蝕という、意味を知らないと物騒《ぶっそう》な語感の工程が、不確定な結果をもたらし制作者を翻弄《ほんろう》する。無力感を誘う工程があることが、真琴に間接法を選ばせていた。


気が付けば夜になっていた。本日の作業はここまでにすることにした。

最後にもう一度、檸檬の砂糖漬けを口に放り込む。甘酸っぱさでリフレッシュし、今日の片付けを始める。柔らかい髪をかき上げると、ふわっと汗が香った。

銅板にインクを詰めるためにローラーを転がすが、その際銅板の下には新聞紙を敷いている。真琴の目に、インクで汚れた新聞紙の記事が入った。


『深夜の惨劇、帰宅途中の男性が襲われる』
○月○日午後十時半頃、K市の住宅街で、帰宅途中の五十代男性が後ろから何者かに石で殴られた。被害者の命に別状はない。同様の事件が多発しており、警察は同一犯の可能性も視野に入れて捜査している。

真琴は食い入るように記事を見つめていたが、くしゃくしゃに丸めてくずかごに放り込んだ。そして疲れたように大きくため息をつくと、一度片付けたクロッキー帳を取り出した。そしてデッサン中の自画像が描かれたページを広げると、白く細い手でニードルを取り——。

デッサンにニードルを何度も何度も突き立てた。

紙にいくつもの小さい穴が空き、デッサンの顔が崩れていく。それを目にした瞬間、微かな笑みが真琴の唇に宿った。夜霧に隠れた影のように、曖昧で不穏な期待を秘めた笑みだった。自画像の完成形のアイデアが浮かんだのだった。

それから室内を一瞥《いちべつ》すると、静かにアトリエのドアを開けて外へ出た。

テーブルには明日の食事用の菓子パンを置いておいた。

静かな郊外にぽつんと立つアトリエから少し離れたところに、のどかな風景に不釣り合いな漆黒のマセラティが停まっていた。磨かれた車体が冷ややかな威圧感を漂わせている。ザッザッと砂利を踏みしめ、車へ近付いていく。後部座席を覗くと、小柄《こがら》で細く、骨張った顔付きの男がいた。

はげ上がった頭だがサイドの白髪は伸びていて、髭《ひげ》も手入れされておらずだらしない。しかしジャケットを着こなしたその身なりには、どこか上品さがあった。たとえこんなことをしていても——。

男は窓の外の真琴を見上げる。その右手は局部に伸びて、パンツの上から自身をまさぐっていた。真琴が待ちきれず性器を触って我慢している。これが影塚孝志の日常だった。

律儀なことに、影塚は絶対に真琴の制作の邪魔をしない。真琴に断りもなしにアトリエに勝手に入ってきたことは一度もないはずだ。いつ真琴が出てくるのか確信もなく、ただひたすら車を停めて我慢している。

何も知らない者からしたら奇妙な行動としか思えないが、制作活動に対する真摯《しんし》な思いのなせるわざだった。何においても制作活動だけを優先させる一面が、影塚の高い地位と芸術への純粋な心を想起させる。

車のドアが開き、車内に入り込む。運転席の間宮貞夫《まみやさだお》は、何も見ていないかのように、前方を向き続けている。広い肩幅と袖からわずかに見える手首で、強靱《きょうじん》な肉体がスーツの上からでもわかる。

間宮は影塚の側近とでも言うべき存在で、こうして運転手をしたり、仕事の調整をするなど秘書的な役割を果たしたり、また邸宅に戻れば給仕人の統轄をしたりと、影塚の身の回りの世話全般をしている。

真琴が入ってくると、影塚は奥に移動し真琴の座る空間を空ける。こんなときだけ従順で親切だ。

そのことが真琴に話を切り出す意思を与えた。もちろん中に入られたくないという焦燥もあった。

真琴は影塚に、諫めるように切り出した。

「外であなたを待たせていると考えると気が散る。言われれば家に向かうので、ここまで来るのはやめてもらえませんか」

影塚はこくりとうなずいた。数々のアーティストの卵の人生を変えてきた、現代美術家の最高権威の一人とは思えない、腑抜《ふぬ》けた姿だった。

真琴は後部座席に乗った。真琴もここへはハイエースで来たのだが、それは後で間宮が運転して真琴宅へ運ぶことになる。影塚宅へつれていかれるときの、いつもの流れだった。

「僕の車、後で間宮さんに運んでもらうの二度手間じゃないですか。僕は自分の車を運転して、二台で帰ればいいでしょう」

呆れたように、真琴は意見を述べた。しかし運転中の間宮は反応しないし、影塚も黙って窓の外を見ている。

真琴が小さく息を吐くと同時に、影塚がぼそっと言った。

「お前に運転免許を取らせてやったのは私だろう。これぐらいは言うことを聞け」

影塚の手が真琴の黒いTシャツに伸びる。皺《しわ》だらけの乾いた手で、浮き出た乳首をまさぐるためだった。もう一度真琴はため息をついた。影塚は少しでも早く、真琴の身体に触れたかったらしい。自分みたいな男で何を欲情するのか、真琴自身にはまるでわからない。

2

温水洗浄便座が付いたトイレ、そしてバスルームで、身体の外も中も綺麗《きれい》にした。

準備を終えた真琴は、細い身体にタオル一枚だけを羽織《はお》って、影塚の寝室へと入っていった。まだかすかに濡れた髪は波打って、額にへばりついている。

天井の高い部屋は広々としており、ウッドフローリングに厚手のペルシャ絨毯《じゅうたん》が敷かれ、中央にはキングサイズのベッドが置かれている。

部屋の隅《すみ》には台の上に乗ったテレビがある。ラックには無造作にDVDが積んであり、上から不細工、獣姦《じゅうかん》、妊婦、排泄《はいせつ》などマニアックなジャンルの毒々しいラベルが並ぶ。今時配信で購入しないところを見ると、どんな権威ある人物だろうと、時代についていくのは難しいようだ。

影塚の性的嗜好が広範囲なのではない。影塚はそれらを遠巻きに客観視して見下すために鑑賞していた。自身の正常性を確認するためだった。真琴のような男に性的欲求を覚える背徳感に溺《おぼ》れることができず、正常の範囲内にいると思いたくて、過激なDVDを見るのだ。

室内の様子を見られないよう、巨大な窓を覆《おお》うベルベットカーテンが開くことはない。

ベッド脇《わき》に立ち、まっすぐに影塚を見つめる。影塚はそんな真琴と目を合わせながら、順に衣服を剝がしていく。

やがて真琴の身体が露《あら》わになる。ひどく痩《や》せているのにあまり骨張った感じはせず、むしろしなやかささえある。陶器のように滑《なめ》らかで冷ややかな胴体だった。

影塚は右手で真琴の局部に触れると、何度も優しく撫《な》でながら左手を真琴の背中に回し抱き寄せると、乳首を舐め始める。たまに歯を立てて噛《か》んだりもされる。こうして細かい傷を何度も付けられ、それを何年も繰り返したため、真琴の乳首は肥大化して細長くなっていた。

舐められている間、いつも黙って天井を眺《なが》めている。制作中の絵のこととか遊びで抱いた女のこととか、最近流行のレストランに行ってみたいとか、日常について考えている。気をそらすためではなく、単に退屈な時間だからそうしている。

やがて影塚は優しく真琴をベッドに押し倒す。

今度は両手で真琴の顔を包み込むように抱きかかえると、身体中を舌で愛撫《あいぶ》し始める。頬《ほお》の耳に近い箇所に、新しい面皰《にきび》が小さくできていた。小さくぷくっと膨《ふく》れた面皰は、真琴の白くきめ細かい肌にできると余計に目立つ。

影塚は面皰に触れないように舌を這《は》わせていく。舌は雨に濡れた雑草のような青臭いにおいを放つ。たまに思い切り舐められてしまい、面皰の中の膿《うみ》に影塚の唾液《だえき》が混じりふやける想像を巡らせてしまい、胸焼けするような不快感を覚える。蠅《はえ》の軌道のようにランダムな動きで頬を這っていく影塚の舌を、動かずにじっと耐えている。

「お前には絵の才能がある。お前なら世界一の画家になれる」

真琴の身体を貪《むさぼ》りながら影塚は言った。似たようなことをしょっちゅう口にしている。影塚は天才という言葉を使いたがらない。代わりに才能という言葉を使う。

——最近は天才が安売りされすぎだ。誰かを天才と評価すれば、自分も偉くなった気になれるらしい。たかが言葉だが、そんな凡人どもと一緒にされるのも癪でな。だが真琴、お前はそんな愚か者に持ち上げられ、天才であり続けろ。大丈夫だ、わかる人間にはわかる。

いつだったかやるせない表情で言っていた。真琴に対する影塚なりの敬意のようだ。影塚が真琴の絵の才能を買っているのは嘘ではない。そして実際、影塚には真琴を世に出すための影響力があることは疑いない。

舌や歯など口内を一通り舐めた後、影塚の舌は耳、首、乳首、脇と徐々に移動していく。指を一本一本綺麗に愛撫しながらなめていく。肌が粟立《あわだ》つ感覚は一瞬にも満たない。だから慣れた。

「お前の本当の美しさを知るのは私一人だ」

「僕は美しくないですよ」

何度そう返しても、影塚は首を振って否定する。幾度となく繰り返してきたやり取りだ。だからもう言わないでおこうとしたのだが、否定する影塚はどこか嬉《うれ》しそうなので、仕方なく毎回告げている。こんな言葉一つで機嫌の良さにつながるなら楽なものだった。

影塚の希望で、全身脱毛や肌質改善などメンズ美容クリニックに通い始めた。元々そんなものに興味はなかったから愉快ではなく、スタッフに笑われている気分にさえなる。この落ち着かない時間が影塚との円滑な関係に繋がるなら仕方ないと、自分に言い聞かせている。肝心のクリニックの効果のほどは、自分ではよくわからない。

興奮しながら一本一本真琴の指を舐めていく影塚だったが、欲情のあまり、真琴の指の関節を変な方向に曲げてしまった。反射的に真琴は指を退こうとする。影塚は皺の目立つ顔を歪《ゆが》ませた。

「あー、すまない、大丈夫だったか。痛いか、痛かったな」

と、口をあわあわさせながら、詫《わ》びるように真琴の指を優しく撫でた。

たいした痛みではなかったので「大丈夫ですよ」と影塚に告げる。

すると影塚は「よかった、それはよかった」と、口の端から唾液を垂らしながら目元にしわを寄せて喜んだ。

真琴にはわかっている。今影塚は、心の底から真琴の指を心配した。

影塚は真琴のアーティストとしての才能に惚《ほ》れ込《こ》んでいる。だから作品を生み出す真琴の指に負担がかかるような行動を、自分が取ってしまったことに後悔したのだ。

それなら指なんか舐めなければいい。そう影塚に告げるのは、身体に悪いと知っていてなぜ飲酒をするのか、何の生産性もないのになぜ見知らぬ女と遊ぶのかと問うようなもので、たとえ影塚が返事を寄せたとしてもそれは上っ面の回答でしかないだろう。

影塚の舌は、やがて真琴の局部へと這っていく。指でいじられた後、突然ペニス全体に水がかかったような感覚がある。影塚が口でくわえ込んだのだ。

影塚孝志。

画商で財をなした家系に生まれつつ若き頃から美術評論家としても名を馳《は》せた、かつては画壇の寵児《ちょうじ》と呼ばれた男である。影塚が評価した作品は軒並み価格が高騰し、作者は勲章を受け取ったも同然だった。

気に入った作品を手に入れるためには金を惜しまないことでも有名で、借金の形にヤクザの手に渡った作品を破格の金額で入手したことに対しては、不当な売買代金つり上げに繋がると批判の声はあった。しかしわざわざ相手宅まで押しかけて、興味のない相手に作品の素晴らしさを伝えたその豪快さが、エピソードとして根強く残っている。そしてそこから広がった裏社会の連中と繋がりをもったとの噂《うわさ》も、影塚のミステリアスな印象作りに一役買っている。

影塚は自分が評価しなかった作品については、非常に強い言葉で非難を寄せることもあり、影塚の言葉一つでアーティストの道を諦《あきら》めた者も少なくない。

一方でアーティストの育成のみならず、公立学校への美術作品や美術書の寄付、気軽に美術品を制作するためのワークショップを開催したりなど、芸術領域全般の促進を目指した社会的活動においても精力的に取り組んでいた。自分がいいと思った作品や活動には、労力や金を惜しまない。そのためか結婚歴はない。

さらにまた一方で、影塚に見出《みいだ》されたアーティストが不可解な廃業を宣言して業界から姿を消したこともあり、アーティストを私物化しているという噂も絶えなかった。私物化の意味を真琴が知ったのは、影塚の家に招かれてからだった。

社会に大きな貢献をしてきた男は今、まるで赤ん坊が哺乳瓶《びん》を咥《くわ》えるように、真琴のペニスを咥えている。そんな影塚も、足を広げている真琴も、二人して滑稽《こっけい》だった。

影塚は一度口を離すと、慈しむように真琴のペニスを撫でながら訊《き》いた。

「そういえば美丘は問題ないか。いい年して盛《さか》んな雌豚だから、若い身体だけ差し出しておけば大丈夫なはずだが」

「ぬかりないです」

美丘静恵には身体を生《い》け贄《にえ》として差し出すことが有効だ。そんな影塚の助言により、今回の展覧会は開催の運びとなった。

「それならよかった。あれはただの性欲の塊だからな。ただ逆を言えば色で釣ればぶひぶひ動く尻軽《しりがる》な豚だ。これで展覧会の開催を断られることもない。ああでもしないと男を抱けない悲しい女だ」

影塚は自分のことを棚に上げているのではない。自分にも周囲にも、ある種の諦念《ていねん》を抱いているだけなのだ。性欲の使い方に美醜などなく、その時が訪れれば誰でも忠実に性器を湿らせるのだろうという、そんな思いがあるのではないか。

諦念の果てに生まれる寛容さ。その一点で、影塚と真琴は似ていた。

[illegible]みた独占欲。そしてそれ以上に、アーティストとして羽ばたいてほしいという、[illegible]かわしくないほどの純粋な願い。これが影塚の中では何よりも優先されるらしい。

アーティストとして様々な人間に取り入ろうとする言動を影塚は否定しないし、根掘り葉掘り余計なことを聞こうともしない。こんな仕事をしていれば普通なら女が寄ってきて適当に遊ぶこともできるのだが、影塚はそれも許容するだろう。真琴を影塚宅に同居はさせず、自宅とアトリエを別の場所に設けたのも、変に閉じ込めるよりは感性を磨く手段に幅を持たせるためだろう。

真琴の身体中をなめ回しながら、影塚はつぶやいた。

「私より優秀なパトロンがいたら、そちらに行くといい。止めはしない」

これは影塚の常套句《じょうとうく》で、真琴もいつものようにうなずいた。

実際は影塚以上のパトロンはおそらくいない。国内で比類なき影響力を持っており、真琴の作品の価格が桁違《けたちが》いに伸びていったのも影塚の力によるものだった。

「私は見る目はあったかもしれない。いや、馬鹿《ばか》な追随者が私の評価を絶対だと思っているだけかもしれない。それでもいい。自分がいいと思える作品が世に出るのなら。私は描いても描いても駄目だった。才能はなかった。だがお前には才能がある。うらやましい」

影塚は真琴の才能に惚れ込んでいた。才能には人を惹《ひ》きつける力があるらしい。

トゥールーズ＝ロートレックは骨折により脚の発育が止まり、成人しても身長が百五十

す。ぬいぐるみは手から離れて、抜け毛と埃《ほこり》のたまったざらついた床に転げ落ちる。

「ごめんなさい、助けてください」

恐怖で頼み込んだ。だが悟郎は話の通じる人間ではなかった。

それなのにどうしてあの時自分は、その悟郎に許してもらおうと、何度も立ち上がり悟郎の前に立ったのだろう。当時のことを思うと、昔の自分がもどかしくてたまらない。

虐待の張本人に、ごめんなさいと謝っていたのだ。許しを請《こ》うていたのだ。助けを求めていたのだ。理屈の通じない相手に、泣きながら必死に助けを求めたのは、許してくれるかもしれないという期待があったからだ。

悟郎は幼い真琴を見下ろすと、「お前なんか死ね」と何度も罵声《ばせい》と暴力を浴びせた。

真琴も幼かったから、詳しい事情は知らない。ただ物静かで毎日作業服を着て仕事に出かけていた悟郎がなぜか家にいるようになってから、真琴に対して暴力を振るうようになったのは覚えている。

人格否定などという概念も知らず、ただ父親という身近な存在に怖い言葉を投げかけられた恐怖で震えていた。それでも口をへの字に結んで悟郎を見上げて目を離さなかったのはなぜだろう。

喉《のど》の奥をひくつかせる、泣き声が漏れる。

悟郎の目から光が消え、真琴は抱《かか》え上げられる。

「いやー、助けて、助けて」

声をあげれば悟郎は逆上する。それはわかっているのに宙に浮いた自分の身体が怖ろしい。悟郎は真琴をそのまま下に叩《たた》き落とした。痛くて突っ伏している。

焼け付くような痛みから手を広げた。

爪《つめ》が剝がれて、やすりをかけたような肉が露わになる。まだ白く柔らかかった肌は鬱血《うっけつ》して青黒い痣が浮き上がる。柱を引っ掻いて裂けた擦り傷からぽつぽつと血が浮き出し、やがて一筋の赤い線となって流れ出す――。

自身が抱く自身のあるべき姿から外れてしまうから、病気や怪我《けが》で身体が変貌することは恐怖をもたらす。それが他人の悪意、暴力によってもたらされたならなおさらだ。鈍《にぶ》い痛みが腕を駆け上がってきて真琴を襲う。怖くて怖くて、真琴は金属音のような泣き声を上げた。しかし誰も助けてくれない。視線の先には薄汚れたぬいぐるみが笑っていた――。

幼い真琴に逃げるという選択肢はなかった。どんなに怖くても朝は起きて夜は眠るものだった。明日は来る。明日も生きている。それも当然のことで、その当然の実現のために、真琴は悟郎の標的であり続けた。

なぜ悟郎が怒っているのかわからないという段階はとうに終わっていた。悟郎は怒る存在であって、真琴は許してもらわなければいけない存在だった。悟郎に許されるという理想図を叶《かな》えるために、悟郎が怒る理由は不要だった。

後年真琴は電車に乗っているとき、近くの席で赤ん坊が大きな声を上げて泣くところに遭遇した。その時赤ん坊に覚えたわずかな苛立《いらだ》ちに、胸の奥底に刃を入れて無理矢理こじ開けられるような、空虚で鮮やかな痛みを感じた。真琴の泣き声に逆上する悟郎の暴力も、今自分が感じたこの苛立ちの延長にあったのだろう。そう納得できてしまったのだ。

当時着ていたTシャツのキャラクターを今見かけると、水の中にいるように胸が苦しくなる。Tシャツの製作者もぬいぐるみの製作者も、まさか自分たちが作ったものがこんな笑顔のない家庭に行ったとは思いもしなかったはずだ。幸せな家庭の幸せの一助となることを望んで作られたはずであり、そうでない家庭に届く可能性に思い至らないことを責められる謂《いわ》れはない。実際ああいう家庭に届いていたとしても――。

母親もまた全てを放棄することで自身の心を守ろうとした。母親に愛情はあったが、真琴を差し出すことで自分が暴力を被《こうむ》ることから逃げていたのではないか。確かめようがないが、そんなことを考える。結果最後は、死を迎えることで悟郎からの逃亡に成功していたのだ。

母親の恵子《けいこ》も、真琴と同様に悟郎の暴力を受けるようになっていた。真琴には平静を装っていたものの、腫れた目を化粧で一生懸命隠していたり、足を引きずっていた姿も覚えている。真琴を悟郎の暴力からかばったせいで、目が青く腫れていることもあった。テレビのリモコンが恵子の目に直撃したのだった。

しかし恵子もまた、悟郎の暴力に耐えかね、違った態度を見せることがあった。悟郎の暴力は恵子の肉体だけでなく、精神にも不調をもたらしていた。そしてそのしわ寄せは幼い真琴にやってきた。

「お前なんか私の子どもじゃない」

そんな言葉を投げられても、母親の顔をジッと見ていることしかできなかった。

「何だその顔は――何だその顔は！」

真琴が気に入らなかったのか、恵子は何度も叫んだ。それでも怖くて、目を潤《うる》ませて恵子を見続けることしかできなかった。涙のせいか喉の奥がしょっぱかった。

そしてあの日が来た。

悟郎が外出していて二人でテーブルに座り食事をしていた。どんなに会話がなくても、どんなに恵子の顔色を窺《うかが》うあまり味がしなくても、二人で顔を合わせるのが真琴は好きだった。少なくともこの瞬間だけは、恵子は自分を受け入れてくれている感覚がしていた。

その日も静かに向かい合ってご飯を食べていた。ご飯と味噌汁《みそしる》、おかずは目玉焼きとソーセージ、千切りキャベツだった。

何故か献立を覚えているのは、ショッキングな光景を見たからか、それとも母親が最後に作ってくれた食事だからか。後者と判断して自身の善性や道徳心を再確認するのも悪くはないが、前者と判断する方が余計な感慨を持たずに楽だと思う。結局、わからないままでいるのが最適なのだろう。

母親の様子がいつもと違うことに気付いた。前日悟郎に受けた暴力で、唇が切れていたのが印象に残っている。

恵子の顔が青くなり、眠りに落ちるように頭を前に倒した瞬間だった。口から勢いよく嘔吐物《おうとぶつ》を吐き出した。食事にどろどろの嘔吐物がかかり、真琴の茶碗《ちゃわん》にも飛んできた。酸っぱいにおいが部屋に広がった。ぷかぷかと味噌汁に嘔吐物が浮かんでいた。

力が抜けたように、恵子の顔は嘔吐物に倒れ込んだ。排水栓が抜けたようにごぼごぼと音がして、恵子はもう一度吐いた。テーブルに広がった嘔吐物が流れて床に落ちた。ぺちゃっと音がした。

「もう嫌だ、誰か助けて――」

恵子は顔を上げた。嘔吐物まみれの中、目は血走って開き切っていた。真琴は身体が震えて止まらなかった。

「もう嫌なんだよ！」

恵子は鬼の形相のまま靴も履かずに、何かから逃げるように、外に飛び出していった。まるで操《あやつ》り人形のように手足をばたばたさせ、奇妙なダンスを踊るように飛び出した母親を見て、誰か知らない別の人間になってしまった気がした。

だがその時真琴は、恵子の様子がおかしいことより、恵子がどこか遠くに行ってしまうことが恐ろしかった。連れ戻したくて自分も外に出た。

ドアノブに嘔吐物が付着していた。触るのに躊躇《ちゅうちょ》した。タオルを持ってきて拭こうとしたその瞬間、外で急ブレーキの音がした。誰かの叫び声がした。

このときすぐにドアを開けて母親の名を叫ばなかったことを、真琴はずっと後悔している。そうすれば母親は立ち止まっていただろうか。

Tシャツでドアノブを拭《ぬぐ》って外に出た。

道路に飛び出した恵子が、ブルーのワゴン車にひかれていた。嘔吐物と頭部から流れた血でぐちゃぐちゃの顔面で、白目を剝《む》いて事切れていた。

慣れ親しんでいるはずの母親の顔が、不気味で怖くて直視できなかった。

ママーと大きな声で叫ぶ。空が落ちてきそうな、重苦しい感覚に押し潰《つぶ》されそうだった。ほんの数分前の記憶が違和感だらけだった。

穏《おだ》やかだったはずの母が取り乱す様も死顔も、食事にぶちまけられた嘔吐物も、真琴が知らず知らずに描いている日常にはない光景だった。

その場に卒倒して、アスファルトに強く頭を打ち付けた。幸い命に別状はなかったが、それが幸せかどうかはわからなかった。

ここから何年も続く灰色の未来が、その先に待っていたからだ。


不幸中の幸いとしかいいようがないのは、母親の死により悟郎の虐待が明らかになったことだった。

真琴は保護されて施設へ送られることになった。

そこでは最低限の生活が保障されていたが、一度腐ったものが元には戻らないように、真琴の人生は暗澹《あんたん》たる様相を呈《てい》していく。高校に入学した真琴は、そう思い知った。

たぶん初めは、理由なんてなかった。

ただ一人で廊下を歩いていたら、突然後ろから頭をはたかれた。振り返ると、薄笑いを浮かべた二人組が真琴を見つめていた。なぜはたかれたのかピンと来ず、頭を押さえながら微笑んでいた。おそらくその顔が、そのふたり組にとって免罪符となったのだろう。こいつは舐めてもいい相手だと。

にやついた笑いの奥、冷たい表情に恐怖を覚えた。

二人組は真琴に理由のない不満を募《つの》らせ、穏やかな日常を信じているような、その間抜けな顔を壊したくなったのではないか。

いじめはたぶん、あのときの真琴のような、何も知らないとぼけた顔から始まる。まさか自分が理不尽な目にあうなんて思いもしない、そんな間抜け顔。

それから足をかけて転ばせられたり、靴を隠されたりした。最初の何回かはそれでもまだ笑っていた。じゃれ合っているぐらいの気持ちだったが、そう思いたかっただけかもしれない。まさか自分がいわれのない悪意を向けられるとは思わず、いじめが始まっていることに気付いていなかった。

そんな呑気《のんき》な真琴への苛立ちが、いじめを進める明確な理由になる。

ある放課後、羽交《はが》い締《じ》めにされて殴られた。置かれた状況にようやく気付いた。

いじめがエスカレートする理由は自分がされてわかった。対象の無様《ぶざま》な格好が、いじめて問題ない相手とみなされるための判断材料のだ。対象に無様だというレッテルを何度も貼っていくうちに、そいつの人生とか家族とか心とか命とか、もうどうでもよくなってくる。

あの日、曇り硝子越しの淡い光が注ぐ、無機質な白いタイルに囲まれた男子トイレには、鈍い衝撃音が響いていた。殴られながら言われた言葉を真琴は思い出す。

「誰も差別しないで、馬鹿にしないで生きていくことは不可能だよな。誰も傷つけずに自分らしく生きていけるかよ。お前も生まれてから今まで、誰一人馬鹿にしないで生きてきたなんてことないよな」

口の中に血が滲《にじ》み、鉄臭さを感じながら話を聞いていた。

「あるだろ、答えろよ。でも気にすんな、全員そうだよ。互いに馬鹿にして馬鹿にされるのが世の中だよ。だからお前も馬鹿にされたってしょうがないんだ。俺はたまたまお前を馬鹿にしている。仕方ないよな」

思いがけないことに、真琴はその言葉を理解した。

人がいくらでも残酷になれることを、真琴は父親の悟郎を通じて知っていた。

そして悟郎が真琴の一挙手一投足に神経を逆撫《さかな》でされ、そして暴力が始まることを何度となく経験してきた。だからいじめる側の感覚が理解できてしまった。

真琴にとっては全てが心当たりとなって、悟郎やいじめてくる連中にとっては全てが理由となる。だからこうなるのは仕方ない。後になって思えば、それは真琴の心にとって都合良く、身体にとっては都合の悪い解釈だった。ただ当時その判断をすることは不可能だった。

ひび割れたタイルに頬をつけ、真琴は小さく折りたたまれるように倒れていた。微かに揺れるドアから差し込む光が、真琴の濡れた肌をなぞっていた。

全裸にされて学校用ワックスを身体中にかけられ、さらに胴に何重もロープを巻き付けられて女子トイレの個室に閉じ込められた。ロープは洗浄レバーにも固く結びつけられており自分の力ではどうにもならなかった。

真琴はそのとき、自分の一生を諦めた。

女子生徒が見つけてくれたが、ロープだけ解いて逃げていった。翌日も真琴以外の生徒の日常は何事もなかったように回っていた。

そんな折、美術部に所属していた真琴は銅版画に出会った。銅板に傷を付けて線を入れていく手法もあるのだが、真琴が教わったエッチングという手法はそうではなかった。不要な部分を腐蝕させるという変わった手法で、興味がわいた。調べるにつれ、その興味はさらに大きくなっていった。

全てを諦めて、ただ息をしているだけだから、銅版画の制作に興味が向くはずもなく……とはならないのが怖ろしかった。

銅版画への興味から、本を読んだり、道具を手に取ったりした。その瞬間は穏やかに心沸いていた。どんな風に線を入れていくか、どんな風に印刷をしようか、結果どんな風に刷り上がるのか――。そして制作を始めた。

この先生きていても何もない感覚とか、うざったい同級生とか、父親の虐待とか、何か考えを巡らせるとき、真琴の頭はいつも絶望に押し潰されていた。

　それはこの先も変わらないだろうが、一心不乱に制作に取り組んでいると、こんな身の上を受け入れられる――いや、身の上が溶けてなくなる気がした。

　人より制作への思《おも》いが強かったのか、もしくは天賦《てんぷ》の才があったのか、やがて影塚の目に真琴の銅版画が留まった。文化祭のとき、初めて制作した銅版画を展示した。籠《かご》に入った二つの檸檬の絵だった。

　真琴の通う高校は最寄り駅からバスで二十分かかるような辺鄙《へんぴ》な場所にあった。そこに影塚が現れたのだ。埋もれた才能を見つける情熱は当時から異常だった。

「君の銅版画はいいね。シンプルな構図だが、いい意味で収まりがよくこの籠が置いてある家庭が目に浮かぶようだ。檸檬の鮮やかな質感、果皮の微細な模様はもちろん、落ち着いた雰囲気の中に浮かび上がる存在感が素晴らしい。生命力を感じさせる仕上がりだ」

　ここまで言葉を尽くしてほめられたことがなかったので、くすぐったかったのを覚えている。

　にこりと笑った影塚が誰なのか、当時の真琴は知らなかった。知らないおじいさんだけどほめてくれてうれしいぐらいの気持ちだった。肩書きが一切書かれていない名刺を渡されても、どうしたらいいかわからなかった。

　その名刺が国内のあらゆる美術関連施設のフリーパスになりうるほどの代物であること

を知ったのは、随分と後になってのことである。

挨拶《あいさつ》をされたとき、影塚は真琴の唇がわずかに切れていること、手首に痣ができていることに気付いたようだった。普通なら気付かないぐらい小さな怪我だった。いじめを受けてできた傷だった。

「怪我は大丈夫かね」と影塚に尋《たず》ねられた。「はい」とだけ答えた。

傷は治りかけで小さくなっていたが、数日間は誰がみてもわかるくらいには目立っていた。しかしその間、誰かに気にされることなどなかった。影塚だけが心配する様子を見せた。

だが美術界の大物に出会ったことが真琴の人生に何ら影響を及ぼすことはない。そう思っていた。

その後もいじめは続き、影塚にほめられた檸檬の絵も悪戯《いたずら》で破かれてしまった。だがそれを見たときも、これで変に希望を持たずに済むと、不思議な安堵《あんど》を覚えたくらいだった。


それから数日後、周囲に何ものかの影を感じるようになった。

初めはその奇妙な感覚が、影塚と関係あるとは思わなかった。

だがやがて、真琴をいじめていた連中がこぞって自主的に退学したと聞かされた。

それを聞いた翌日、たまたま職員室前を通りかかったら、連中の一人の母親が半狂乱で騒いでいるのが見えた。息子が暴行を受けて入院して意識が戻らない、歯は折れて眼球はつぶれ失明の恐れもある、足の腱《けん》も切られて一生車椅子《くるまいす》の恐れもある、とのことだった。

ぎゃーぎゃー叫びながら泣きじゃくっていて見ていて恥ずかしいぐらいだったと、詳細を知らない生徒たちの間ではすっかり笑い話となっていた。

何となく、影塚の影を感じた。

説明できない、抗《あらが》えない力の存在を知った。

真琴をいじめた生徒の言葉を思い出す。

——誰も傷つけずに自分らしく生きていけるかよ。

あのときは想像できなかったが、本当にそうだった。わざわざ学校に出向いて取り乱している母親は、ヒステリックな金切り声を上げ、化粧は崩れて目元はぼろぼろとなり、廊下に倒れ込んでだだをこねるように身体を動かしていたのだ。それを見て、真琴はあまりのみっともなさに吹き出した。

思い切り声を出したくて、すぐにトイレに駆け込み、個室で地べたに座り込み大笑いした。そのトイレは真琴が連中に殴られた場所であることに、後になって気付いた。

ちょうどその頃、授業で徒然草《つれづれぐさ》を習っていた。

おのれすなほならねど、人の賢を見てうらやむは尋常《よのつね》なり。

いたりて愚かなる人は、たまたま賢なる人を見て、これを憎む。

賢い人を見てうらやむのは当然だが、愚か者は賢い人を嫌悪するという意味だろうか。

真琴は授業を聞きながら、二行目はいらないように感じた。わざわざ愚かな人に言及する必要はないと考えたのだ。徒然草の作者である兼好法師《けんこうほうし》は、飄々《ひょうひょう》とした面が魅力の一つだが、一方老獪《ろうかい》で底意地の悪い一面もあったと教師が雑談混じりで話していた。

授業のときはそんなものかと思ったが、二行目の意味がわかった。

職員室前で無様に取り乱す母親に抱いた軽蔑《けいべつ》と苛立ちは、真琴を活《い》かした。愚か者に目を向けることは、いや、誰かを愚かとみなせることは、快感だと気付いた。

天井のシャンデリアが、視界から流れて消える。

身体を仰向けから俯《うつぶ》せにひっくり返され、真琴は我に返った。

いつもの調子で四《よ》つん這《ば》いになると、ローションをまとった影塚の指が、真琴のアヌスに触れた。皺を伸ばすよう優しく揉《も》みほぐされた後、指は真琴の中へ入ってくる。腸壁ごしに前立腺《ぜんりつせん》や精嚢《せいのう》付近をマッサージされ、快感に身を委《ゆだ》ねているうちに、真琴の中には指が三本入っていた。

それらが抜かれると、その代わりに、今度は影塚のペニスがゆっくりと入ってくる。年齢の割には大きく堂々としている。影塚以外の男は知らないが、少なくとも真琴よりは遥《はる》かに大きい。そんなペニスを受け入れ、気怠《けだる》さで空気が粘るような時間が始まる――。

目の前には鏡があり、口を結んで眉をひそめる真琴自身の姿も、喉に血管を浮き上がらせながら、熱心に腰を動かす影塚の姿も見える。情けなさを通り越して哀愁さえある。

この違和感に満ちた日常がある限り、真琴も世間に愚かとみなせる誰かを見つけることができる。

この日常があることで真琴が得られる地位や金銭などがあり、それによって煩わしい周囲を踏みつぶすことができる。

現状への違和感は、自己肯定とたやすく両立する。申し訳程度の擦り合わせは、煩わしい周囲を下に見ることで簡単に成立する。


初めて影塚に身体を求められた日のことは覚えている。

名刺に書かれた連絡先に電話をして、真琴は影塚の邸宅に出入りするようになっていた。影塚は博覧強記の知識で銅版画の技術を真琴に叩き込み、時には自身で道具を手に持ち、技法の数々を真琴に伝授し続けた。人生で味わったことがないほど、充実した毎日だった。

そして数ヵ月経ってからのことである。その日もアトリエで制作に対する指導を受けた後、汗ばんだ身体でソファに座っていたところに、影塚が真琴の足の間を割って入るようにもたれかかってきた。意識を失って倒れたのだと思った。

しかし耳を舐められ、股間《こかん》をまさぐられ、硬直した真琴を影塚は這うようになぞり堪能《たんのう》した。ポマードのにおいを色濃く感じた。

まさか、自分がそんなことになるとは。そういう対象になるとは。

まったく思いもしなかった。

驚きはしたが自分の人生を諦めていたから、案外あっさり受け止められた。影塚も真琴の諦念を見抜いて手を出したのかもしれない。真相はまだ聞けていない。

「お前は素晴らしい」「誰もお前の才能には勝てない」「傑作をものにできる」。くすぐったいほどに真琴を肯定する影塚の態度が、影塚の肉欲を受け入れる自分に対する免罪符となっていた。初めは指も一本しか入らず前立腺に触られても痛いだけだったのが、本数は増え痛みも消えた。エネマグラなどの道具を体内に入れられる恐怖も最初だけだった。異常や恐怖が常識に変わる変換点は、なぜか後で振り返ってでないと気付けない。

結局真琴は影塚の望む玩具に変化している。だが程度に差はあれ、どんなパートナー同士も相手に合わせている面は必ずあるのだろう。

暴走する性欲と支配欲。非倫理的な行為。もはやそれは悪意と変わらなかった。だがおかげで真琴は影塚の後ろ盾を得て、美術界に居場所を手に入れた。

おそらく初めは居場所さえもらえればそれでよかった。だが影塚は真琴に居場所以上のものを与える。だからもう居場所さえあればよかったあの頃の感覚は思い出せない。つまり初めから知らないようなものだった。

「逃げたければどこへでも行くがいい。お前の画業の成功が全てだから、絶対に邪魔はしない」

影塚はよくそんなことを口にする。いじけた調子で言うので真琴は呆《あき》れている。

それなりに名は知れてきた。影塚と距離を置いてもやっていけるだろう。

だが影塚は必ずそこに、こう付け加える。

「逃げなかったら必ず今以上の世界を見せることを約束しよう」

はったりではなく、現実にそうさせるほどの力が影塚にはあることは理解している。

こうして真琴は影塚の下から離れない。影塚は選択肢を用意して真琴自身に選ばせている。

そして真琴も影塚とともにいるという選択肢を選んでいる。そこに齟齬《そご》はない。

あの日、影塚に抱かれることを選んだ過去と地続きで今がある。

常に更新されていく、今という概念の覚束《おぼつか》なさが、くだらなく思えることは幸せなのかもしれない。


ふと思うことがある。

自分はどうしてあのとき、虐待から逃れられたのか。そして今こうして生きているのか。

虐待のニュースはいつも、『教訓は生かされなかった』というフレーズを印象に残していく。目を覆いたくなるような事件の詳細に、何度もそのフレーズは添えられる。

教訓が生かされていたら、おそらくニュースにならない。だからこれからも、教訓とは生かされないものなのだろう。そして部外者は無責任に心を痛め、自惚れる。

それでは自分は、なぜ生き延びられたのだろうか。

わからないから、教訓なんて初めからないことにした。我ながら乱暴な意識付けだが、かといってできることは、他人に悪意を向けられないよう脅《おび》えながら警戒することぐらいだ。

他人も過去も、眠りにつく時に見る夢も、手が届かないという点では変わりはない。

4

そして、まともではない生活は今も続いている。

影塚の亀頭《きとう》に前立腺を刺激され、全身が疼《うず》くように波打つ。冷や汗が身体中から出て止まらない。

その刺激を大脳が視床下部に伝え副交感神経が反応し、それによって海綿体が充血し、真琴のペニスも勃起《ぼっき》を始めていた。さらに前立腺の奥の精嚢も刺激され、真琴は目を閉じる。影塚の荒い息が後方から響いてくる。

外尿道括約筋が緩《ゆる》み、会陰《えいん》周辺の筋肉と連動して——気が付けば真琴は射精していた。

副交感神経は陰嚢《いんのう》と肛門《こうもん》の間、つまり会陰部の筋肉を収縮させ、それと同時に外肛門括約筋も収縮する。つまりアヌスがきつく締まることになる。ペニスを圧迫された影塚も恍《こう》惚《こつ》の表情を浮かべ、身体をびくびく動かしていた。仲良く二人で射精したのだ。

真琴の精液が、ベッドのシーツに飛び散った。アヌスからペニスが抜かれたのを確認すると全身の力が抜けて、精液に触れないようにベッドに倒れ込んだ。

同じく影塚もベッドに倒れ込むが、シーツに落ちた真琴の精液を、「もったいない」と犬のように四つん這いになって舐め始めた。蛭《ひる》みたいな舌がちょろちょろと動いて、糸を引いた精液を絡め取っている。夢中になりすぎているのか、唇の隙間から唾液が垂れてシーツを濡らした。

表向きは権威ある人物だろうと、真琴と二人きりのときはこんなにも滑稽な姿を見せる。だが滑稽なのは影塚の前で足を開いている自分も一緒だった。木切れのように細い足はベッドに投げ出され、真琴の薄い体毛は電灯で淡く光っている。

真琴の目線からは薄くなった影塚の頭頂部が見える。ふつふつと毛穴が汗を噴《ふ》き、こちらも銀色に光っている。

影塚は一心不乱にシーツを舐め続けていた。少ない白髪が一本落ちて、シーツの白と混ざって見えなくなった。

これが影塚と真琴だった。他人から見たら異常なのだろう。だが二者間の共通認識に対する他人の判断は、大概の場合たいして意味をなさない。

一方で真琴は、いつか影塚を踏み台にしてもっと確固たる地位を築きたいという欲望がある。その欲望があるから影塚との関係を受容するのではなく、この無為な時間を諦められる。

ふと視線は、影塚が脱いだ白いブリーフに注がれる。黄色いであろう染《し》みがついていた。こんな男に責められて射精してしまう自分を思うとき、真琴は才能という形のないものを信じて生きている自分さえも不愉快になる。

影塚の舌に絡め取られた自分の精液が、影塚の皺だらけの喉の内部を通って消化器官まで垂れていく想像をした。不快だった。そして頭の片隅《かたすみ》に、どこか冷静な部分があることに気付く。

——不快感とは、あるべき場所にないものから生じる感覚なのかもしれない。

物質も概念もあるべき場所があって、そこにないとひどく収まりの悪さを覚える。

人体から生じるもので考えるとわかりやすい。はらりと抜けた毛根に脂が付着した白髪、糸を引いてシーツに垂れていった唾液、ブリーフに付いた尿。あの日茶碗にかかった母親の嘔吐物。人体の一部、また分泌物は、人体から離れると途端に嫌悪感をもたらす。

しかしそれならば、不気味なものの集合体である人間もまた、嫌悪すべき存在なのだろうか。ましてやそれがまた別の人体に流れ入っていく居心地の悪さ。

何十も年上の男に身体を許している真琴自身も、あるべき場所にはいない。だから不快な存在となる。

「美しい」

真琴を不快な存在にさせる張本人——影塚は、精液を舐めた唇で真琴に口づけをして舌を入れてくる。苦みが口内に広がる。影塚の鼻からぬるい息が吹いてくる。伸びて出た白い鼻毛が小刻みに揺れる。

不快な存在が、また別の不快な存在から美しいと称される。

馬鹿馬鹿しくて影塚を侮辱する。そして自身を肯定する。ただそれだけで生じる浮遊感がある。

影塚の顔を陽光が照らした。しわや毛穴や染みが際立つ。身体上の劣化、良識から外れた精神性。影塚のそんな一面を思うとき、自分が安らげる場所にいるような感覚に陥る。恐怖や蔑視《べっし》に脅えたくないのは人の常なので、それは影塚にとどまらず、自身を取り巻く全てに対して向けられる。

真琴の手に影塚の手が重なった。張りも滑らかさも違う。

あらゆる要素を比較してちっぽけな優位性を得る、そんな惨《みじ》めな作業は止まることがなかった。


射精を終えた真琴のペニスは静かに萎《しぼ》んでいく。それを弄《もてあそ》びながら影塚は真琴に訊いた。

「銅版画はできているか」

口調がさっきより緊張感を帯びる。こんなときであろうと、影塚の美術に対する態度は真摯で厳しい。

真琴が「はい」と答えると、影塚は小さくうなずいた。

「それならよい。お前の作品を一つでも多く目にすることが私の願いだ。お前には才能があるから、好きなように描けばいい。邪魔する者がいたら児見山を使えばいい」

きっとそう言っておきながら、才能を見限ったらあっけなく捨てるのが影塚だろう。身体を求めることもなくなるはずだ。身体を求められることで自身の才能を再確認している自分は、結局影塚に踊らされている。

だが真琴は、影塚の庇護《ひご》を受け続ける必要がある。

影塚に出会う前に受けてきた屈辱はもう嫌だった。

「最近、面白いやつに出会ってな……」

真琴のペニスをいじり続けながら、まるで恋人がピロートークで睦《むつ》み合《あ》うように、影塚は地方で出会ったというアーティストの話を始めた。

興味をひく説明だった。明るい声になったりテンポも強弱が付いている。さすが評論家として名を挙げただけあって、影塚は淀《よど》みなく作品を説明することができて、さらに聞き手の興味をわかせるのが抜群にうまい。こんな場で話を始めるのも、ある種純粋さの現れだろう。

次に影塚が何を言い出すかはわかった。いつも同じだからだ。

「説明にふけっているようでは私は駄目だな。真琴、お前は選ばれた人間——描く側の人間だ。言語化など不要だ。必要なのは私と、私を崇《あが》める愚かな者どもだけだ——まあ、気持ちのままに、話し始めた自分が愚かなのだよ」

影塚は子どものように笑った。まれにこんな純粋さを表情に出すことがある。

自分にも純粋さはあるのか、ふと思いを巡らせる。

銅版画に惹かれた理由はいろいろある。制作工程の複雑さ、完成品の繊細さに惹かれたのはもちろんだが、一つだけ変わった理由がある。

当時の真琴は、神との交流に惹かれたのだ。

ある銅版画家が、銅版画の制作を『神との交流』と喩《たと》えた。

思いどおりに腐蝕させて印刷しようにも、様々な要因が出来に影響を与えるため、完全なコントロールは難しい。銅版画は作者といえども神の手、神の視点を持つことは許されず、ある段階に達するとそこから完成度を高めるには運や偶然に任せるしかない。

当時、同級生からのいじめに身を削られていた真琴は、そのことに安らいだ。

神なんていない。信心深さなど微塵《みじん》もない。

それでも神との交流という概念があるのだとすれば、全ての出来事を肯定できる気がした。なるようにしかならないという諦念を、楽観論に落とし込むしかなかった。その思考自体の正誤はともかく、純粋な思いからすがりついたのだ。

そして真琴は銅版画を制作し続けている。

制作した作品の価格も着実に上がってきている。

それ以上に、絵が売れたときの値段とは比べものにならないほどの資金も、影塚から提供されている。影塚が真琴を絶望から救い上げたのは間違いない。

これは神様の仕業だろうか。

神の思《おぼ》し召《め》しは極端で多岐に亘り、故《ゆえ》に対価に何を払っているかわからない。信心深い世の人々は、どんな思いで何かを奪われているのだろうか。

シャンデリアの光が揺れる部屋で、時計の針だけが淡々と時間を刻んでいる。

一通り事を終えると、影塚は真琴の横に寄り添い、今度こそ恋人同士のように二人はベッドに並んで寝転がる。影塚は真琴のペニスや身体中をまさぐった手で真琴の頭を撫で、乳首をいじり出す。

ベッド脇には、この間にはなかった一冊の雑誌があった。

真琴が最近、赤枝宏伸と対談をした雑誌だった。

「それか。送られてきたものだ」

影塚は雑誌を手に取る。

赤枝は真琴より一つ上の彫刻家で、ジャンルは違えど若き芸術家のホープということで真琴と並べて論じられることが多い。

浅黒く焼けて筋骨隆々であり、水を弾くような張りのある肉体がTシャツの上からもわかる。色白で痩せている真琴とは真逆のタイプだった。壮健な青年が三人、手をつなぎながら空を見上げている近作『望郷』が話題になっている。赤枝によると三人は天体観測をしており、人と人とのつながりを表現しているらしい。

赤枝は制作に熱中すると、山ごもりして連絡が取れなくなるというエキセントリックな性質があり、そんな面も豪快な作風にふさわしかった。

影塚は対談ページを開いた。

座っている赤枝が立っている真琴を見上げ、真琴はそんな赤枝を見下ろす。手を突いた赤枝の腕は筋肉が盛り上がり官能的な様相を見せ、一方真琴の細い線は繊細な作風を示す。

二人の作風を示しつつ同世代の好敵手的なニュアンスを出したかったのだろうが、演出過多で内心あまり好きではなかった。インターネットに赤枝のファンが、『あなたと赤枝さんではレベルが違いすぎて対等ではない』といったコメントを投げているのもたまたま見た。

しかしアーティストの人間性を紹介するという意味では、そこまで悪くない記事かもしれない。

真琴と違い赤枝は外見にも言葉にも並々ならぬ力が満ちていた。

「どんどんやめていく仲間がいるのが悔《くや》しいんですよ。あいつらに報《むく》いるような作品を作っていきたい」「成長しないと消えますから。成長は人間としての最低限の礼儀」「作品は影響を与えるものでないと鑑賞者に失礼です」などなど、インタビューにも力強い言葉が並んでいる。どちらかといえばクールな真琴とは対照的だ。

赤枝には対談後、食事に誘われて交流を深めた。全身全霊を込めて全世界を肯定するような赤枝の快活さは、確かにエロティックなまでに生の悦《よろこ》びに満ちていた。

事は終わったはずなのに、影塚は雑誌を目にすると再び真琴の乳首へとむしゃぶりつき出した。

思えばある財団が主催する芸術賞で、当時無名だった真琴が新人賞を受賞した夜にも、影塚は興奮が抑えきれない様子で真琴の身体を求めた。

現状への違和感は自己肯定とたやすく両立するという、真琴のその感覚が影塚にも当てはまるならば、影塚はその違和感を情事の材料にしている。

美術界を華やかに生きる真琴を、誰にも知られずに思いどおりにする。他人からしたらその落差に違和感を抱かざるを得ないところ、自分と真琴二人だけの秘密にしていることに影塚は興奮しているのだろう。

影塚は再び身体をずらし、真琴の股間に顔を近付けていく。

5

献身的な営業活動が功を奏し、美丘静恵の経営するセゾン・ド・ミューズでの展覧会が決まった。さらなる関係深化の打ち合わせでO駅へ出向いた帰り、真琴はS区の焼肉屋で椛嶋《かばしま》絵里香《えりか》と待ち合わせをしていた。

アトリエに来たいとの要望だったが、今は制作に集中しているという建前で断った。その代わり椛嶋の会社の近所へ、真琴のほうが出向くことになったのだ。

店に入るとジューッという肉の焼ける音と香ばしい香りに包まれる。名前を告げて席に通されると、真琴が先に着いたらしい。吸煙ダクトを眺めながら席に着くと、フロアの女性が水を置いていった。女性の目線を感じたので、目を合わせてにこりと微笑むと、女性も慌ててほほ笑み返した。

今日は白いハイネックを着て出かけるつもりだったが、焼肉の約束を思い出して黒のタートルネックニットに着替えたことを思い出した。合わせてアウターも黒いトレンチコートにした。

メニューを眺めてしばらく待っていると、「お待たせしました」と椛嶋が入ってきた。長い髪にパンツスーツ、そしてこっちもタートルネックに身を包んでいる。

「早乙女さん、ごめん。今日はありがとうございます」

椛嶋の会社はアーティストの作品を販売するオンラインプラットフォーム『マインド・リトグラフ』を経営している。すでに大手サイトが多くある中、ここの会社はアーティスト自身の人間性がわかるような展開に独自性を打ち出しており、若手アーティストからしたら願ってもない場所だとして注目を集めている。アーティストによっては識者からのコラムも付く。

真琴も日本美術賞で初めて入賞を経験したときに声をかけられた。その後活躍するにつれて椛嶋の会社としても目玉アーティストという扱いになったらしく、最近はこまめに連絡が来るようになっていた。

ジュージューと肉を焼きながら、椛嶋は「同業からもアプローチ来てます?」と、さりげなく訊いてきた。やはりそこは気になるらしい。

「はい、フレームドットコムとかアーテイクとかいろいろと」

最近話を聞いた二社の名前を挙げた。可能な限り宣伝は打ち出すべきという影塚のアドバイスもあり、真琴も話は聞くようにしている。

「ぜひ、うち優先でお願いしますね」

椛嶋はにこりと微笑み、拝むように手を合わせた。

「フレームドットコムさんは多くのアーティストを抱える反面、各アーティストの差別化がしにくいインターフェースです。早乙女さんほど知名度があれば何もしなくてもアクセスはあるでしょうが、逆に言うと早乙女さんをすでにご存じのお客さんしか来ないですね。アーテイクさんは新規サービスを次々に打ち出し期待値は高いですが、ユーザーの混乱を招きやすいのとアーティスト側の手数料が高いです。利用は慎重になったほうがいいかもしれません」

すらすらと同業他社の情報が出てくる。

「まあまあ、今はお肉食べましょ。私がやります」と、椛嶋はトングを手に取った。

肉を敷いていく椛嶋の美しい鼻筋が見えて、真琴は欲望を押し付けられるようなやるせなさを覚える。画業が軌道に乗り、わずかに足下が浮ついた真琴を、たしなめるような存在が椛嶋だった。

今日のように商談で顔を合わせることが多く、また画業関係者のパーティーなどでも何度も会っていた椛嶋に、かつて真琴は惹かれた。

そしてある年末、A駅のホームで椛嶋に告白したことがある。お誂《あつら》え向《む》きに外は雪が降り始め、いい返事を期待せざるを得なかった。

しかし「仕事に集中したいので」とお決まりの言葉で断られた。熟考するふりをしたのか、傷つけないようにと余計な計らいか、返事が来たのは一週間後のことだった。しっかりと鼻っ柱を折られた。

有能な会社員であることは前提で、椛嶋はその美貌《びぼう》で多くの関係者を虜《とりこ》にしており、明らかに不釣り合いな会合に椛嶋が顔を出していることがあった。

もっともセゾン・ド・ミューズの美丘のように欲望を解放しているわけではなく、自身の美貌が武器になることを自覚して最大限生かすようなクレバーな人物だった。

焼肉屋という場所での商談も、口調がフランクになるのも、真琴との距離の現れではなく、力関係の現れではないかと思っている。

椛嶋は肉の盛り合わせと一緒に、メニューの隅に小さく載っていたソーセージを頼んだ。

「私、ソーセージいつも頼むんですよね。小さい頃、お母さんと一緒に焼いた思い出の味なので」

一瞬だけ真琴は目を細めた。箸を持った手も止まる。とっさに黒い僻みで塗り替え、椛嶋に告げた。

「せっかく焼肉屋来たのに、貧乏くさいですよ」

つい口を突いて出たせいか、妙に声色がおかしかった。

「ひどい。でも何でそんな声裏返っているんですか」と椛嶋は笑う。それから「早乙女さんって男性にしては声高いですよね」とおかしそうに首を傾けて、真琴に大きな瞳を向けた。

しばらくは何気ない会話が続いた。

結局真琴は、ソーセージに手を付けなかった。

一通り食べ終えた後、椛嶋は化粧ポーチを出すと真琴の前で化粧直しを始めた。

「でもうれしいなあ。こうして話を聞いてくれるだけで。全然話を聞いてくれない人もいるし」

アイラインを引き直しながら言う。鏡の中の自分を見ていて、真琴のことは見えていない。少なくとも真琴に自身の美貌が通じると考えているのだろう。実際通じられている真琴はどこか無力感を覚える。

「この間フレームドットコムさんは当社が一番と言っていましたよ。よかったら顔を揃《そろ》えてお互いプレゼンしていただく場を設けますか」

各社それぞれ、自社アピールのために他社の欠点を探して、さりげなく丁寧に真琴に伝える。結局のところ、自社サービスの魅力を最大限アピールするにも限界があって、だったら他社に落ちてもらうしかないのだろう。

そこに一石を投じたくて、いや、面白そうだから提案してみた。だが――。

「えー。いいですね、それ」と、化粧を直した自身の顔に夢中だった椛嶋が明るい表情で顔を上げる。気まずさを感じてくれるかと思いきや、意外にも乗り気だった。

真琴が見たいのはそういう顔ではなかった。

「いつもポジティブですね」

悔しさから皮肉でそう伝えると、「苦労を出すような生き方嫌いなので」と、椛嶋はハイボールをぐいっと飲んだ。

「でも早乙女さんには愚痴《ぐち》っちゃおうかな。ようやく話聞いてくれた押し花のじじい、連絡がしつこくて会おう会おうって。もう嫌んなる」

椛嶋はバッグから小さなキーホルダーを取り出した。アクリル板の中に花が敷き詰められている。顧客として付き合いのあるアーティストが厄介者のようだ。

「これ渡されて花言葉一つ一つ語られて今度食事しようって。行かないっつーの」

「何でそんなの持ったままなんです？」

「早乙女さんに愚痴るためですよ」

椛嶋は嘘をつきながら、キーホルダーを小さく振って見せた。どことなくうれしそうだった。


それから数時間後、真琴は焼肉屋近くのホテルで女と戯《たわむ》れていた。すぐに捕まえられたのは、以前に開催された小さな画廊でのファンイベント後に初めて抱いた、美丘ぐらい年の行った女だった。会うのは今日で三度目ぐらいだろうか。

女は皺だらけの顔で笑いながら、「私の身体、すっかりお気に入りだね。ありがとう」と自惚《うぬぼ》れていた。

その自惚れに免じて、多めのご褒美《ほうび》を上げた。女の指摘は間違いとは言えなかった。

6

今日は午後から、影塚の学校訪問に同行する予定だった。

それまではいつものようにアトリエに行き、銅版画の制作に取りかかる。

アトリエの光景は毎日ほとんど変わることなく、まるで絵画のように同じ景色を真琴に見せる。ただ銅板だけが、真琴のイメージを日に日に色濃く具現化していく。ここ数日は、銅板にニードルを入れる作業が続いていた。

今真琴は、赤枝の全身画を彫っていた。セゾン・ド・ミューズでの展覧会に出品するか不明だが、どうしても今彫らずにはいられなかった。

裸体が汗で光り陽光に輝くような、空や大地を背に勃起しているような、精力に満ちたその様を思い浮かべながら。

太陽のような人間性の奥にある、根源的なものを描いてみたかった。猛々《たけだけ》しささえ感じる凄《すご》みで彫刻に取りかかる、その沸き立ち続ける勇気に触れたことで、その奥にある剝き出しの野性――というよりは人間らしさを表現したかった。

盛り上がった筋肉や凜々《りり》しい眉を、少しずつ銅板に刻んでいく。ポーズは彫刻を制作している姿にした。まるで赤枝が銅板に憑依《ひょうい》したようだった。気を強く持って線を入れていかないと、腑抜けて味気ない画になってしまいそうで怖ろしい。真琴の描いた赤枝は口を結んでへの字にしている。その口が開いて、白い歯を光らせ真琴に笑いかけてきそうな不思議な恐怖があった。

今回は最低限の下書きに留《とど》めて、いきなりニードルを入れる試みをしている。赤枝の持つ邪気のない荒々しさは頭では描けない。

実際に目にしたものと想像を組み合わせて描くデッサンは、虚実を曖昧《あいまい》にしていく。一枚の銅版画ができるまでに、現実からの影響なんてほとんどないのかもしれない。現実を元にしてどこまで想像を飛ばせるかが肝要なのだろう。ゴッホが実風景と自身の記憶を組み合わせて風景画である『星月夜』を描いたようなものだろうか。

かと思いきや銅版画は技法や道具という現実をうまく組み合わせて利用する必要があるので、虚実の区別に意味はないというのが正解だろう。

赤枝の精悍《せいかん》な顔付きは、慎重にニードルを入れていく必要があった。赤枝本人の眉や鼻を指でなぞるように、線を彫っていった。

表情のない赤枝の顔の奥に、快活に笑う赤枝の幻を見た。

時間が来たので影塚の邸宅へ向かい、そこからともに学校へ向かう約束になっていた。

昨夜に雨が降り、まだ道路が濡れていた。

間宮に手を取られ、グレーのジャケットを羽織った影塚が出てきた。一方の真琴はブラックのジャケットのセットアップに、シルバーフレームの眼鏡をかけている。

三人で駐車場へ向かったときだった。

「影塚先生」と、坊主頭《ぼうず》の見知らぬ若者が大きな額縁を抱えて近寄ってきた。とっさに間宮が立ちはだかる。

若者は影塚に向かい、恭しく頭を下げた。

「鴨川進《かもがわすすむ》といいます。私の絵を見ていただきたく参りました。渾身《こんしん》の一枚ができたのです」

そういうと若者は、額縁に覆い被《かぶ》さっている布を取った。描かれていたのは油絵で、荒々しくそれでいてどこか牧歌的な田舎《いなか》の風景だった。細部まで丁寧に描かれている。

鴨川進という名前を聞いたことがあった気がしたのだが、絵のタッチでわかった。先日都内の展覧会で、目玉のアーティストの作品を退けて高評価を受け、話題になった人物だった。

突然のことに、真琴はポカンと口を開けて鴨川を見つめる。横にいる影塚に一瞥されたのがわかった。

間宮が「帰りなさい」と追い払おうとするが、影塚が「大丈夫だ」と退けて前に出た。そして鴨川から絵を受け取ると、何も言わずにジッと眺め始めた。鴨川は緊張の面持ちで、影塚が言葉を放つのを待っている。

だが影塚の判断は鴨川にとって喜ばしいものではなかった。「捨てていい」と吐き捨てたからだった。

鴨川の顔が、瞬時に歪む。手を強く握ったのがわかった。

影塚は鴨川を睨《にら》み付《つ》けた。

「先日の展覧会での成果を、自分の実力だと過信している。運を味方にするのも実力ではあるが、それは僥倖《ぎょうこう》にすぎないのだ」

すでに展覧会のことも頭に入れていたらしい。そこまで大々的な展覧会ではなかったので、影塚ほどの大物なら普通は知らないだろう。真琴もたまたま知ったくらいだった。相変わらず情報収集には余念がない。

「技巧に終始して思いが伝わらない」

影塚の評価に、鴨川は顔を歪ませる。

「どうすれば思いを込める方法が身に付きますか」

「私が知りたい。描き続けるしかない。だがこのレベルの作品を私に見せているようでは傲《おご》りに囚《とら》われて終わりだろう――くだらないものを持ってくるな。持ち込めば必ず見てもらえると考えていたのか？　見る価値もないこの絵を」

影塚は絵を投げ捨てた。昨夜の雨でできた泥の水たまりの中に、バシャンと絵は落ちた。マーフィーの法則で一番有名なパンの事例を、初めて経験した気になった。だがあくまでも気になっただけで、だから真琴は鴨川を心のどこかで見下しているのだろう。

鴨川は顔を歪ませながら絵を拾い上げる。しかし立ち上がる際にバランスを崩して転び、自身も泥まみれになった。

「傲っているつもりはありません。過去最高の作品だと思ったのです。これ以上のものなんて描けません」

「己の限界で描いたものかどうかなど、鑑賞する側からしたら関係ない。そもそも限界という概念に囚われている時点でお前は終わりだ」

影塚は鴨川に目もくれず歩き出した。嗚咽《おえつ》が響く。

その時「待ってください」と、鴨川が真琴を指差した。

「なぜ影塚さんはこんなやつを買っているのですか。こんなやつに美術なんて語れるわけない」

真琴はこんなやつだそうだ。こんなとは、何を意味するのか。

この男はどこまで知っているのだろう。影塚と真琴の関係を知っているとは思えない。単に勢いで罵倒《ばとう》しただけなのか、澄ました顔で一連のやり取りを眺めていたのが気に入らないのか、そもそも気にくわない顔をしていたのか。

影塚は立ち止まることも振り向くこともなかった。

一方で真琴はぽんぽんと鴨川の頭を叩き、顔を近付けた。そして髪をかき上げると、口の端を上げて言った。

「さっさと帰ってお絵描きしてろよ」

我を忘れて鴨川が殴りかかってきそうになるのを、間宮が手を摑《つか》んで止めた。

「調子に乗るな」と声をかけられ、鴨川は身体を震わせながら俯《うつむ》いた。

鴨川の頬には泥が飛んでいた。こんなひどい目に遭ってまでも影塚のお墨付きがほしいらしい。鴨川に真琴の気持ちがわからないように、真琴にも鴨川の気持ちはわからない。例えば誰もが漠然と思い描く芸術の世界があったとして、真琴は今そこに選ばれた側にいる。だからこそ、選ばれなかった側に違和感を覚える。

真琴からしたら鴨川こそが「こんなやつ」で、張り合うこともできそうなものだが、軽蔑し合う関係が対称的になることなどなく、ましてやぶつかり合うこともない。ただ二種類の卑しい悪意がそこにあるだけだ。

マセラティの外に、鴨川が立ちすくんでいるのが見える。

「バイバイ」と手を振ってあげた。白い腕が残像を描いた。

車が走り出した後、眉をひそめた影塚にたしなめられた。

「真琴、お前普段から口をポカンと開けている癖《くせ》があるな。さっきのやつはどうでもいいが、公の場に出るときは気を付けろ。間抜けに見える」

そんな小言に、「はーい」と答えた。

7

今日やってきたのは、I県西部にある私立高校だった。最寄り駅からもバスに乗らないと辿《たど》り着《つ》けない、一面田んぼの中にポツンと校舎は建っていた。

この学校の美術部は十人もいないらしい。決して大所帯ではない。だが規模など関係なく、知人からの頼みならこうして足を運ぶのが影塚だった。真琴が影塚と出会ったときと変わらない。

先に職員室で美術部を担当する教師と挨拶することになった。

眼鏡をかけた中年の教師が、影塚に対して頭を下げる。

「影塚先生、今日はお越しいただき光栄です。実は私、以前に油絵をやっていたことがありまして。影塚先生の本も何度も読ませていただきました――」

教師は興奮した様子で影塚に話しかける。影塚はにこやかにうなずきながら話を聞いている。

「プロを目指してもいたのですが何度応募しても箸《はし》にも棒にもひっかからず、こうして美術教師になってしまいました。まだ未熟なひよっこたちの作品ではありますが、よろしくお願いします。先生にお見せするにふさわしい作品などあるかどうか……」

「――とんでもございません」と影塚は丁寧に返答した。かすかに反応が遅い気がした。

普段影塚と行動をともにしている真琴だけが気付いたが、教師はわかるはずもなく、憧《あこが》れの存在を前に緊張の面持ちが続いていた。

挨拶も終わり二階にある美術室へ連れていかれた。中に入ると、生徒たちが拍手で二人を迎えた。

誰かが小さく「かっこいい――」と声を弾ませたのを、真琴は耳ざとく聞きつける。

いちいち反応するのも面倒で、無視して生徒たちに微笑みかけた。みんな一様に、物珍しそうに輝いた目を真琴に向けており、さっきの声が誰から発せられたのかはわからない。

室内は絵の具や木材、インクの香りが漂っている。壁には生徒の作品が飾られ、カーテン越しに注ぐ放課後の陽光が優しく生徒たちを照らしている。生徒たちは油絵や彫刻、木版画など、各々興味のある制作に取りかかっているようだった。

一人一人の顔をしっかりと見ながら、影塚が挨拶を始めた。

「今日はありがとうございます。影塚孝志といいます。長く生きているだけのじじいです。お招きいただいてうれしいです」

軽い冗談を飛ばした。生徒の顔にも笑みが浮かび、場の空気が和んだ。

「みなさんより少しだけ多くの美術作品を見てきてますからね。感じたことをお伝えできればと思います。どうぞお手柔らかに」

頭を下げた影塚に促《うなが》され、真琴も挨拶をした。

「影塚先生の下で制作しています、銅版画家の早乙女真琴です。よろしくお願いします」

「早乙女くんは非常に優秀な作家さんです。銅版画のほうで多くの成果を上げている方なので、ぜひこの機会にいろいろ質問してみてください。サインをもらっておくと後で高く売れるかもしれませんよ」

ドッと笑い声があがる。二人はもう一度温かい拍手を受けた。

油絵や彫刻、木版画や銅版画など、生徒たちは興味のある分野で作品を作り上げている。影塚と真琴は一人一人の作品を見て回った。

当然のことながらまだ粗《あら》い絵ばかりだ。また時代の流れだろうが、油絵を描いている生徒のキャンバスを覗くと、アニメや漫画に影響を受けたデザインだった。

先ほどの教師が横で説明する。

「こんな雰囲気の絵を描く生徒も増えてきました。どうせならもっとちゃんとした絵にすればいいのに」

油絵を描いていた生徒が、「私はこういうのが描きたいんですよ」と唇を尖《とが》らせた。

影塚はほほ笑みながら、構図や色使いなどについて生徒にアドバイスをしていった。

真琴も一人一人の作品に感じたことを伝えていく。正直なところ学校訪問に同行するのは面倒なのだが、影塚の希望もあり仕方なく応じていた。

厳しい目でアーティストに臨むことで有名な影塚だが、学生に対しては全てを肯定するスタンスで臨んでおり、優しい目線でアドバイスをしていく。

「構図をずらすと余白に意味ができる」

「本物に似せなくてもいいから、思ったとおりの形にしてみよう」

「君は基礎ができている。理論を学ぶと一気に飛躍できるだろう」

真琴から見ても影塚のアドバイスは的確であり、間違いなく生徒たちの糧《かて》になっているのがわかった。思わずうなずきたくなるような視点が込められている。

影塚も生徒たちに良い影響を与えられていることに満足はしているらしい。たまに真琴に見せる、欲にまみれて枯れ果てたような暗い表情はなく、口調もどこか温かい。

――このじじいに何度も身体中舐め回されています。

この温かい場で大声で叫んだらどうなるか。

幾度となくそんな想像をしてきたが、想像で留めてしまう自分は影塚と言うなれば共犯ではないかと、毎回後で唇を噛む。

そんな淀んだ感情は奥にしまい、真琴も自身の経験を元に学生にアドバイスをする。なかなか影塚のようにうまくいかない。影塚もそれはわかっているらしい。

「芸術を思うとき、各々で胸に宿す感覚というのは、他《ほか》の人に完全には説明できないと思っています。だからアドバイスをかみ砕《くだ》いて、自分だけのものにしてください。君たちが満足できる作品作りができるなら、私や早乙女先生のアドバイスを否定してもいいんですよ」

そうはいかんだろうと困惑した生徒たちに、「そんな固くならないで」と影塚は顔をしわくちゃにして微笑んだ。

「ちょっとだけ手を止めてもらって」

学生の注目を集めると、影塚は一冊の本を開いた。

「みなさん、このダビデ像はご存じですね」

誰もが知っている彫刻作品を生徒に見せている。

引き締まった肉体で投石器を肩にかける、イスラエル王国二代目統治者のダビデだった。片足に重心を置くコントラポストという姿勢が、絶妙なバランス感を実現している。

もちろん生徒たちは全員うなずく。

「なぜこの彫刻は白いか、わかりますか」

しばらく考えた後、一人の生徒が自信なげに手を挙げた。

「昔のギリシャ彫刻に影響を受けたからではないでしょうか」

「なるほど、確かにそれはあるかもしれません。では質問を変えます。なぜギリシャ彫刻や神殿は白かったのでしょう」

「純白だから、ですか。清いとかそういうイメージを持たせるためだと思います」

「確かにギリシャとなると青い空に白い建物といったイメージですね。黒いとだいぶ印象が違うかもしれません。ではこの写真を見て、どのあたりの地域を思い浮かべますか?」

影塚はページをめくって別の美術品を見せた。

真琴には見えないが、色とりどりの彫像を見せているはずだ。

生徒たちからは、エジプトやイランなどのアフリカや中東、インドネシアなど東南アジアの国名も飛び出した。オリエント風と具体的なモチーフ名も出た。

影塚は一つ一つの回答に、満足げにうなずく。

「確かに色がついているとオリエント風に見えます。でも実はこれ、ギリシャの彫刻です」

生徒たちは目を丸くしている。

「ギリシャ彫刻は元々は白くなかったのです。知っていた人はいるかな」

みな首を横に振った。誰も知らなかったらしい。

「近年の技術により、古代ギリシャの美術品は多色装飾であったことが明らかになっています。だいぶ印象が違うでしょう。真っ白なのと色がついているの、どちらがギリシャにふさわしいと思いますか?」

白いほうがギリシャのようだという意見が多数だった。

「でもどうして白くなったんですか?」と生徒の一人が手を上げた。

「もちろん長い時間により色あせたというのも理由の一つですが、色ではなく形状を尊重するためにあえて漂白したという説があります。みんながよく知っているパルテノン神殿は、金ダワシで色を削り取ったという記録が残っています。先ほどあった白という色のイメージを強調するためですね」

生徒たちは、信じられないといった表情で影塚の話に聞き入っていた。

「馬鹿な話ですよね。ということでギリシャの白は世間のイメージにすぎません。でも今それを知ったみなさんが、すぐにそのイメージを拭おうとしても難しいですよね。真偽を知っていても、素直に真と偽を入れ替えるのはなかなか難しいものです」

極彩色を身に纏い、青い空の下で主張を続けるギリシャ彫刻を想像してみる。真琴にはそれしかできない。

「面白いですね。でも同時に怖くもあります。嘘が真実を超えているようなものですからね。何を言いたいかというと、大事なのは真実を知ることではなく、嘘が真実以上に心に響くことを知り、それに恐怖することです。描いたイメージに浸ることが気持ちよくても、どこかでそれを怖がってください。ほんのちょっとでいいのです。それを持っていればいい作品が描けると思います。がんばってみてください」

影塚はにこやかに話を終えた。生徒たちは素直にうなずいた。

そして再び、二人で制作を見守る時間が始まる。

真琴は油絵を描いている一人の男子生徒に目を付けた。近所の神社だろうか、写実的でごまかしのない美しいデッサン。

「強《し》いて言えばこちらの持田《もちだ》が部のエースですかね。先日、市のコンクールで賞を取りました。まあ奨励賞なんですけどね」

真琴の視線に気付くと、教師が持田という男子生徒を紹介した。緊張気味に持田は「こんにちは」と頭を下げる。確かに他の生徒より実力はあるかもしれない。

「せっかく来てくださってるんだから、もっと遠慮せず質問したらどうだ」

はにかんだ持田は何も言わなかった。

そのとき、女生徒が興味深げに話しかけてきた。

「私も早乙女先生みたいな絵を描きたいです」

目を輝かせて真琴を見上げている。影塚と一緒に何度かこうして学校を訪れているが、こういうときは女生徒のほうが積極的な印象がある。遠くから見る男子生徒にも、後でちゃんと話しかけるのも大事な仕事だった。

女生徒は油絵を描いていた。真琴は手に持っていた筆を受け取り、指示棒代わりに使ってアドバイスをする。女生徒は真剣に聞き入っていた。

助言を終えて筆を返す際、偶然だと言い訳できるさり気なさで、女生徒の手に軽く触れてみた。柔らかでなめらかな肌触りだった。

女生徒はハッとした表情で真琴を見つめる。失礼、と声をかけたら、肩をすぼめて俯いていた。その表情に真琴は軽く微笑み、そしてやれやれと小さく息を吐いた。

女生徒の一人が言った。

「あと早乙女先生は赤枝先生と会ったことありますか？」

「うん、この間雑誌の企画で対談したよ」

「いいな。会ってみたい」

いい人だよ、と伝えたら女生徒は喜んでいた。

赤枝に対して後ろめたさや暗い感情があるから、意味もなく持ち上げている。

もちろん今度赤枝にも教えてやるつもりだった。

「どうですか影塚先生。非常に厳しく見てくださるということですので、どうぞ遠慮なくジャッジしてください。早乙女先生もお願いいたします」

影塚に会えたうれしさもあるのだろうが、教師は徐々に饒舌《じょうぜつ》になっていく。

影塚の反応が露骨に薄くなっていく。あまり相手にしたくないらしい。

それに気付かない教師は、影塚に話しかけ続けた。

「生徒たち、先生の著作を一冊も読んでいないんです。今度絶対に読ませます」

「もうちょっと真剣に取り組んでくれればいいんですけどね」

「アニメ絵もいいんですけどね、もっと大人になってほしいなと」

「どうですかね、うちの生徒は何点ですか——」

悪気はなく冗談交じりのつもりのようだが、やや発言に危なっかしさを覚える。

止まらないおしゃべりに真琴も辟易《へきえき》しかけた、そのときだった。

「そろそろ黙れ」

影塚はぴしゃりと教師の話を止めた。教室の空気がピンと張り詰め、静まりかえる。

「おとなしくしていればべらべらとやかましい」

途端に教師は顔を強張らせる。

「若き才能たちが熱意を込めて描いた作品だ。それが全てだろう。何点かだって？　私ごときに点数をつける資格などない。本来ならお前が一番生徒に寄り添うべきなのに、お前が腐すとは何事だ」

教師は俯いて頭を上げられない。

「貴様と話すことなどない。未来ある学生の作品に触れて、くだらない自尊心を満たすのは勝手だ。だが学生の尊い熱意にお前が水を差す権利はない。すぐに出ていけ」

「お待ちください、先生。私は……」

「いいから出ていけ！　美術部に入って、作品を作り上げようとする情熱、それが全てだ。勝手に他人の作品を貶《おとし》めるでない。立ち去れ！」

「私は……影塚先生にあこがれて」

「お前みたいな人間に憧れられるような程度の低い仕事をしてきたつもりはない」

教師は泣き出しそうな様子で、小走りで美術室から出ていった。

理想論に終始しているようだが、おそらく影塚は本気だっただろう。

影塚と一緒に学校を回っていると、明らかに向いていない学生に出会うことがある。熱心に取り組んで描いたのはわかるのだが、どうにも粗が目立つような作品を出す学生だ。

影塚ほどの人物なら真琴と同様の感想を抱くはずだ。そしてそんな人物が本気で画業を目指しているのだとしたら、容赦なく切り捨てるだろう。しかし学生に対しては決してそんな態度を取らない。

だが影塚の学生に対する寛容さは、アーティストに対する厳しさの裏返しだった。真琴もいつ厳しい目にさらされるかわからない。

今の教師も先日会った椛嶋も、そして真琴自身も、誰かを下に見ている。影塚などもっと多くの人間を下に見てきたはずだ。なぜ学生にはそれをしないのか。

影塚は周囲を見回した。そして深く頭を下げる。

「大きな声を出して申し訳なかった。制作を続けてください」

しかし一度凍《こお》った空気は戻ることはなく、口数が少なくなるばかりだった。

そうさせた張本人の影塚が、それを一番悔《く》やんでいるようで、唇を結んで生徒たちの指導を続けていた。冗談の一つも出てこなかった。

真琴もアドバイスを続けるのだが、周囲が静かになったせいで、自分の声がやけに大きく感じた。


美術室での指導が終わった後、影塚は旧知の校長と話が盛り上がったため、一人で校内を回ることにした。

「待ってください」

一人の生徒に声をかけられた。持田だった。

「さっきの影塚先生、本当のこと言っていましたか？　適当に誰でもほめているようにしか思えませんでした。いつも近くにいる早乙女先生でしたらわかりませんか」

興味深い持ちかけに、真琴も関心をそそられた。

「僕はもっと影塚先生や早乙女先生に本心でジャッジしてもらいたいんです。もし駄目だったら諦めがつきますから。僕の作品、見てもらえますか。幼い頃から教室に通っていました。他のやつらと一緒なわけないんですよ」

おとなしそうに見えたが意外に野心家で自信家のようだ。

さっきも見たが持田はもう一度神社の絵を出した。確かにうまくできていた。

だがそもそも真琴は、他人の作品の良《よ》し悪《あ》しがあまり理解できない。

真琴には才能があるらしい。ただ熱を込めて描いているだけなので、仮に才能があるのだとしてもそれを生かしている意識など真琴にはない。だから才能という概念も漠然としている。

才能は虚数のようなものだった。意識したときにしか現れない、現れても掴み所がない。それでも把握さえできれば、才能の証となるのだろうか。

持田は教師に目をかけられ調子に乗っているのだろう。いたって普通の思考回路で、ましてや十代ならそうなるのは当然であり、真琴は十二分に納得できた。

「僕は社会の歯車になるのは嫌なんです。絵の実力を使い自由に生きていきたいです」

そのとき、持田の絵の隅にローマ字で名前が入っているのが見えた。

「モチダ……タイジ？」

真琴の目線に気付いた持田は、「はい、持田泰治《たいじ》といいます」と名乗った。

まぶたがピクつき、それから自身の口の端がにやりと上がるのがわかった。眼鏡のフレームをなぞるように触る。

真剣に真琴を見つめる持田の眼差《まなざ》しが、急に鬱陶《うっとう》しくなった。

「じゃあ教えてあげよう、泰治くん――その絵、僕からしたらクソだね、クソ」

持田は真琴を見上げ、大きく目を開いた。信じられなそうに口をあわあわさせている。

「教室に通っていた？　どんな教室？」

「近所の画家さんの……」

真琴はキャハハと笑い声を上げた。

「そんなやつから教わることなんて何があるんだよ。そいつの作品は有名なの？」

「はい、地元の学校に飾られていて……」

「無理矢理持ち込んだだけだろ。学校側も断り切れずに、仕方なく飾っただけだ。本当は捨てたくてたまらなかっただろうさ。展覧会やったことはあるのか？　雑誌で特集を組まれたことはあるか？」

「わかりません」

「どうせ自称画家だろ。その画家さんとはどうやって知り合ったの？」

「画家さんの奥さんと僕の母親が知り合いで」

それを聞き、思わず口に手を当てて笑いをこらえる。

「泰治くん、君のセンスのなさはお母さん譲りか。大事な息子をそんなどこの誰かもわからない自称画家に任せるなんて」

持田の顔はどんどん曇っていく。

「僕の絵のどこが駄目でしたか」

「人に聞くなよ。嘘を教えられたらどうするんだ」

実際は高校生の頃の自分と大差ない気がするが、真琴には判断できなかった。

「まあ捨てろよそんな作品、目が汚れた。あのさ、生きている限りみんな孤独な歯車だよ。もちろん僕もね。そして不思議なことに、家族も友人も夢も絶望も、歯車を回す油でしかないんだ。一体僕らはどこで誰の歯車と噛み合っているのだろう」

呆然《ぼうぜん》と持田はたたずんでいる。真琴はそれを見下ろしている。

沈黙が続き、持田の目に涙が滲んでいる。

「何で泣くの？　他のやつらと違うなら、泰治くんも他のやつらと違う側にいることになるのに。馬鹿にされるよ、そんな絵、自信満々にギャラリー持っていったら」

すっかり意気消沈した持田と話が続かない。

にこりと笑うと、「うっそだよ」と、見えない糸を絡ませるように持田の肩に手を置いた。

「……どういうことですか」

「絵に正解なんてない。だから大切なのはどれだけ信念を持って絵に打ち込めるかだ。今の僕の言葉でへこたれたら終わり。でもクソはクソでも何くそって思えたら合格だよ。こんな僕の言葉なんてはねのけてしまえ。だからこんな絵も――」

真琴は絵を勢いよく破いた。さらに持田の顔が曇る。

「どうしたんだ。また描けばいいだろ。泰治くんの最高傑作は次回作だよ。だから僕の言葉なんかに惑わされるな」

潤んだ目で持田はうなずく。しかし力はない。

「惑わされるな！」と、持田の両肩を摑んで前後に強く揺さぶった。

それでも沈んだままなので、仕方なく真琴は元気付けてあげることにした。

「さ、今日からまた努力だよ――まだたいした実績もないのに、周囲を小馬鹿《こばか》にしてえらそうにしたのは間違いだね。でも僕は君みたいな正直者のほうが好きだ」

背中を叩いてやると、持田はなぜか縮こまった。

「そんな顔するなよ。僕のこと、怖い？　メディアとかに出るときはお行儀よくしている し、真面目な堅物に見えているかもしれないけど、裏で女の子抱きまくっているんだ。人の何倍もセックスしているから疲れて疲れて、もう大変だよ。こうして出会った運だ、泰治くんにも適当に何人か教えてあげようか？」

持田はやけに真琴に脅えていた。さっきまで影塚の綺麗事に辟易していたので、真琴の顔は引きつっているのかもしれない。

「よし、影塚さんと先生の代わりに君の作品に点数を付けてあげよう。百点……ではない！」

もう一度真琴はおどけて笑う。

「もちろん百点ではない。でもそれは僕も一緒だ。百点を目指して届かないのが芸術だからね。からかってごめんよ、泰治くん。がんばってくれ」

頭を撫でてやると、持田は泣きかけた。思春期特有の強がりだったのだろう。

持田は爽やかにほほ笑み、美術室へ戻っていった。

勝手に希望を抱いて、前を向き始めている。今の言葉全部、その場の思いつきで適当に告げた言葉だった。別に正直者が好きなつもりはない。正直者も嘘つきも大きく言えばただの人間でしかない。

かけがえのない宝物でも手にしたような持田の顔つきが、真琴に歯ぎしりをさせる。

感情なんてものにそんな汎用性があるのか。真琴が出くわしたのは、感情ではどうにもならない局面ばかりだったのに。

持田の背中を見送りながら、悔しさを振り切るように、「バーカ」と、真琴は舌を出して笑った。

8

それから数日後。

その日は制作に対する疲れがあったため、電車でインタビューを受けに行った。

家から駅までは、久しぶりに原付に乗って行った。高校を卒業する直前、影塚に費用を出してもらい原付の免許を取ったのだが、その後すぐに普通自動車の免許を取ったのでほとんど乗っていない。交通事故に遭うのを恐れた影塚が、あまり乗らせたがらなかったというのもあった。

運の悪いことに、そんな時にかぎって帰宅途中、T線で人身事故が発生してしまい、真琴は立ち往生をした。思わぬ自体に頬に手を当てる。

舌打ちとため息が響くホームは殺気立っていた。行き場を失った多くの乗客は、怒りの矛先を探すようにスマホをにらんでいる。淡々とアナウンスが流れる中、駅員が詰め寄られている。

慌てて頬の手を離し運転再開の予定時間を調べる。それとともに、路線名を入れて検索をかけると、様々なメッセージが流れていた。

『人身。死ぬなら迷惑かけるなよ』

『人身で足止め。隣のサラリーマンがキモいし最悪。こいつが事故で死ねばいいのに』

『事故はしょうがない。それよりT線は女性専用車両に乗らない女を何とかしてほしい。気を遣うから普通車両乗るなよ……。ブスのくせにいい女装っているのもむかつくし』

『駅員の教育がなっていないからキレたら、周りの人も私にお礼を言いたそうにしていた。前から人に金もらう態度じゃないと思っていた。これを機に心を入れ替えてほしい』

怒りという快楽に身を委ねた、正義を手にした魑魅魍魎《ちみもうりょう》に、真琴は安心感を覚える。これが見たくて検索してしまう。ただ言葉が向けられるのが曖昧な客体であることに尻すぼみ感があった。悪意や侮蔑《ぶべつ》は相手に向けて投げかけるだけでは駄目で、しっかり相手がそれを受け止めて傷付くことで成立するのだろう。

試しに真琴も、ネットのニュース記事にコメントを書き込んでみた。

『死を選ぶ事情は相当だろうけど、私は電車に飛び込む方法を選ぶ馬鹿だけは絶対に許せない。そんな方法を選ぶ人間性だから死を選ばざるを得なかったのだと思う。馬鹿は迷惑かけずにさっさと死ね』

飛び込んだ相手は知らない人間だから、激しい空《むな》しさに襲われた。誰か知り合いが飛び込まないことには、いくら書き込んでも物足りないだけだろう。

結局運転再開は二十二時過ぎとなり、飲み帰りや遊び帰りの人でごった返す時間帯だった。ホームで整列し電車が到着したので中に入ろうとすると、後ろから押されて前の人にぶつかってしまった。前にいたのは三十代くらいの男性ふたり組で、帽子をかぶっているほうにぶつかった。

男は振り返って真琴を目にすると、「いってーな、ぶっ殺すぞ」と凄んで見せた。理不尽さに無視すると、「謝ることもできねーのかよ」と吐き捨てるように言った。

真琴を後ろから押してきたのは、初老のサラリーマンで、真琴と男のやり取りなど気にする様子もなく、空いている席を確保するため車内に駆け込んでいた。

真琴は吊革《つりかわ》につかまり立っている。

男ふたり組は真琴の後ろで大声で話していた。帽子の男の背負ったリュックが、さっきから真琴の背中にぶつかってわずらわしい。

男たちは、プロ野球の戦力外通告のテレビ番組について話しているらしい。

帽子の男の連れが、「しんどいけど見ちゃうんだよな」とぼやく。

すると帽子の男が、「でもよ」と切り出す。

「スポーツとか本当に厳しい世界だから、早めに違う道を探した方がいいんだよ。変に粘ってみじめな終わり方するところ、見たくないじゃん。新しい道を選ぶのが賢明なんだよ」

おそらく何も知らないのに、世界の法則でも知っているかのような語り口調だった。

「だから引退は英断だよ。俺は評価したい。でもこれから大変だよなあ」

さらに気持ちよさそうに語っている。共感を押し付けるという独善に息苦しくなり、真琴は大きく息を吐いた。一体この男が、何を評価できる立場なのだろうか。

そのうちぶつかっていることに気付いたのか、帽子の男が真琴のほうを振り返った。そして、「なよなよ気持ちわりーな、こいつ」と、再び悪態《あくたい》をついた。真琴は無視してスマートフォンを眺めていた。

やがて帽子のほうが、「またな」と途中の駅で降りていった。

その瞬間、思い立って自分も降りることにした。もう一人の男は真琴には目もくれずスマホに集中していた。

改札を出た帽子の男は、人通りの少ない住宅街を歩いていく。

酔っているのだろうか、若干足下がふらついている。

遠くで犬の吠える声がした。それも止んで訪れた静寂は不穏な予感を漂わせている。垣根の影が風に揺れ、路上を這った。

なぜ今自分はこんなことをしているのかと、不思議に思う。

先日の高校での出来事も影響しているのかもしれない。影塚に怒鳴《どな》られあっさり引き下がった教師も、赤枝のことを根掘り葉掘り聞いてくる女子生徒も、散々ひどいことを言ってやったのに妙に前向きな表情で受け止めていた持田も気に入らなかった。

とりわけ気に入らなかったのは影塚だ。駄作であろうと肯定し続ける自分に酔っている様はもちろん、自分で場の空気を乱しておいて、ばつの悪そうな顔をしていたのも馬鹿馬鹿しかった。真琴の身体を好き勝手に弄ぶような人間性のくせに、あれぐらいで何を落胆することがあるのか。白々《しらじら》しく場の空気を調和させようとする意気地のなさに、反吐《へど》が出る思いだった。

男が歩いていく。暗い道の奥へ進んでいく。イヤホンをしていて真琴の存在にも気付かない。気持ちがいいほど条件が揃う。そして——真琴から引き返すという選択肢はなくなる。

だから真琴は、道路脇にあったこぶし大の石を手に取った。

男そのものに対する憎悪ではなかった。ただ愚かさに対する憎悪だった。愚かさ。それは愚かでない選択肢があったのにそれを選ばなかったことであり、だとしたらその選択肢に対してどんな結果が待っていても文句は言えないはずだ。

手に持った石のひんやりとした感覚を感じながら、かつていじめを受けていたとき、いじめる側の気持ちが理解できたことを思い出した。

正しくは理解できたのではない。いじめる側の気持ちにつじつまが合うよう、自在に周囲の事情を心当たりや理由として都合良く解釈できただけだ。動機という概念は如何様《いかよう》にも仕立て上げられる。つまり動機という概念はないに等しい。

真琴は少しだけ足を速める。目前に男の後頭部が迫る。男の吹く口笛が聞こえる。

その頭に——石を振り下ろした。

鈍い音がして、男はどさっとその場にくずおれる。口笛は途切れた。

街灯が真琴の細くか弱い身体を、怪しく照らしている。よく見ると白い腕に血しぶきが飛んでいる。

悲しげな顔で、独り言のようにつぶやく。

「電車から降りて後を追うことくらい簡単だろ……。ひどい言葉を投げておいて、どうして仕返しされないと判断できるんだ」

仕返しするかどうかは別問題だが、真琴にとってそこはどうでもよかった。

別に顔を見られてもいいのだが、男は突っ伏したまま動かない。まだ息はあるらしい。

「どうして次の瞬間、自分が腐らされるかもしれない可能性に思いが及ばない？」

誰かに目撃される恐れは理解しているのに、真琴は男を見下ろし続ける。

見つかってもいいのではなく、見つからない確信があるのではなく、どっちでもいいのだった。

絶命するかどうかも気にならなかった。だから何も見届けずにその場を立ち去った。

堂々と顔を出して駅まで戻った。誰ともすれ違うことはなかった。駅の明かりに照らされて、ほっとしたような物足りないような、曖昧で煮え切らない感覚に陥った。

動機があったほうが、何かと収まりがいいのだと思った。暴言を受けたことを動機として腹落ちさせることを試みたが、とても殴りつけるほどの動機にはならないので、余計もどかしくなるだけだった。

赤枝の作品『望郷』を思い出した。天体観測をする三人は、人と人とのつながりを表現している――。
無性に腹が立っていた。

第二章

1

約束した喫茶店に着くと、宇治川拓《うじがわたく》は先に来ていた。入店した真琴に、店の奥から手を上げる姿が見える。薄い顔立ちでいつも眉が下がっており、どことなく上品さが漂っている。

「早乙女、今日はありがとう」

昔からの付き合いだし気遣《きづか》いはいらないのに、わざわざ立ち上がって真琴を迎え入れる。

「いちいち立たなくていいって」

「こっちがお願いしたんだし、そうもいかないよ。あいかわらず仕事は調子いいしお洒落《しゃれ》だな」

「そんなことないよ」

とりあえず否定しておく。今日の真琴は黒のシルクシャツに、サイドに白いラインが入ったワイドスラックスと、ラフな格好だった。

宇治川は著名な美術雑誌の編集者兼ライターで、真琴とは大学の同級生になる。

「聞いたぞ、セゾン・ド・ミューズで展覧会が決まったんだろ」

「ああ。運がよかった」

もちろん運ではなく、戦略的に美丘静恵を落として得た結果だ。戦略を立ててそれを実行に移せる環境にいられることを幸運と呼ぶのかもしれないが。

テーブルの上を見ると何も頼んでいない。真琴が無断で遅刻していたらどうするつもりだったのだろう。結局二人同時にコーヒーを頼んだ。

両親の期待を裏切って美大に進学したうえ、業界では著名といえども世間的にはまったく無名雑誌のライターとなった宇治川は、両親との不仲が続いていた。

学生時代もらっていた仕送りがなくなり、社会人になった途端に生活レベルは極端に下がったそうだが、それでも自分で選んだ道だからと、いつ会っても充実した表情をしている。

ただ真琴と宇治川は気の置けない仲とまではいかなかった。

就職にあたりいくつもの選択肢があったであろう宇治川と、銅版画の才能を見出され幸運にも一つだけの選択肢を見つけることができた真琴とでは、何もかもが違っていた。少なくとも真琴は打算で付き合っている。

影塚の援助で美大に進学できた真琴だったが、周囲に裕福な家庭で育った友人が多いことに驚いた。中でも宇治川は別格で、父親が大手ゼネコンの役員という筋金入りのお坊ちゃまだった。学生時代に宇治川が一人暮らしをしている部屋へ遊びに行ったことがあるが、そこはS区の高層マンション最上階で、住んだことのないほど広い部屋だった。資産家という意味では影塚も一緒だが、最新の家電や真新しい調度品が並んでいるのを見て、洗練された華やかさを感じたものだった。

近況について話していると、隣の席にいた大学生ぐらいの女性二人組の話し声が耳に入ってきた。二人とも派手な格好をしている。

「――リエちゃん、浮気で先輩とやっちゃって気まずいらしいよ」

色恋や情事の話題は誰であろうと盛り上がる。真琴と影塚の関係が明るみに出たら、美術界に激震が走り、このふたり組のような下世話なやり取りがあちこちで始まるのだろう。

少なくとも美術界においては、スキャンダラスな関係の最たる例の当事者である真琴は、見知らぬふたり組の話に少し耳を傾けてみたくなる。いつか自分が噂話の対象となったら。そう仮定して、その面倒さを想像している。

だが宇治川は隣の話が耳に入っていない。真琴に話しかけてきた。

「当たり前だけど、まだまだ影塚先生には及ばない。ライターとしていい文章が書けるよう、もっと俺もがんばらないとな」

それを聞いた真琴は、微笑を浮かべてコーヒーを手に取る。

宇治川は育ちの良さもあるのだろう、人当たりも良い。誰かから悪く言われたところは見たことがない。そんな宇治川を見ると、決して育ちがいいとは言えない自分に人が知れない一面があることに正当性を得た気がして、どこか安心を得る。

内心抱くこの感情を、宇治川に伝えたらどうなるのか。

試してみたいが、打算という鎖を解かないという別の打算が働いてしまう。

真琴には雑誌に自分を取り上げてほしいという下心がある。一方で宇治川には、新進気鋭の銅版画家である真琴とコネクションを築いておきたいという思惑があるだろう。同級生といえども、近い業界にいて顔を合わせる間柄《あいだがら》なら、そこには必ず打算が生じる。

影塚は真琴の才能を認めているが、だからこそその地位にあぐらをかくことなく、外交もしておくことを要求する。孤高の天才画家を目指すのもいいが、長い目で見れば一社会人として最低限の行動は取っておくべきというのが影塚の持論だった。煩わしさはあるが、このあたりのバランス感覚を教えるのが影塚の賢いところ、そして狡猾《こうかつ》なところだ。

真琴がコーヒーを口にするのを見て、ようやく宇治川もカップに手を付けた。そして人の良さそうな笑みを浮かべた。

「それにしてもいいなあ。俺にはお前の苦労なんて欠片《かけら》もわからないけど、自分の頭の中に美しい絵が浮かんで、それを形にする技術があって、みんなにも見てもらえるなんてさ」

「だろうな、お前にはわからないよ」

円滑なコミュニケーションのために、冗談交じりに笑ってみせる。

内心は違っていた。真琴からしたら、欲しいものを何でも持っていた宇治川に持ち上げられると、ささくれ立つ感情がある。お前が言うな、と。

それに真琴は、影塚との関係や犯罪行為に身をやつしているという、誰であろうと欠片もわかるはずのない秘密を隠し持っている。それを知らない宇治川と、それを隠す真琴の間で、ただ影塚に身体を差し出している煩わしさだけが触れられることなく浮いている。

勝手に思考を巡らせてもどかしくなった。

「なあ、早乙女みたいな描き手側からしたら、俺たちみたいなメディアの記事はどう思う？　言ってみればこっちで勝手に、早乙女の作品を言語化しているわけじゃないか」

宇治川まで、『勝手に』と言葉を入れてきた。人と人の関係などお互いに勝手同士で、何となく交流している気になっているだけだ。遠慮など不要だろう。

「違うなって思うこともあれば、意外な視点に驚くこともある」

「なるほどな」

適当な回答にしみじみとうなずく宇治川に、思わず笑みを浮かべてしまった。

「納得するなよ。今の僕、当たり前のことしか言っていない」

「そうだよな。でもいつも心配になるよ。取り上げた作品を正しく言語化できているかって。この仕事をしている以上、一生悩むことになるんだろうけどさ」

照れたように宇治川は頭をかいた。

美術品の言語化には正確さや繊細さなど感覚的な部分はもちろん、時には教養や制作者の背景など知識的な面も必要になるだろう。真琴自身もインタビューなどで自作を説明するが、それも言語化である。

エキセントリックな回答を繰り返し、それがアーティストのカリスマ性をいや増す一助となることもあるが、真琴はまったく逆のベクトルでインタビューに答えている。それなりにまとまった説明になっているはずだ。

これも影塚の指示だった。影塚は真琴に、自作を説明しプレゼンするスキルを学ばせた。一人でも多くの一般人――芸術に造詣《ぞうけい》が深くない、カジュアルな接し方を望む面々――にもある程度は作品を理解させることを要求したのだ。

しばし考えていると、また隣の二人組の話し声が聞こえてきた。

「――あれ、別れたの?」

「デートにパジャマみたいな格好でくるようなヤバいやつですぐ嫌いになった。あとセックスも下手くそでさ、気持ちいいかって途中で何度も聞いてくるんだよ」

「あー、痛いねそいつ。そりゃないわ」

『痛い』、『ヤバい』。端的に誰かを貶められるこの短い言葉のおかげで、多くの人がテンポ良くリズミカルに悪口を楽しめるようになった。誰が作った言葉かは知らないが、世間における会話の弾みぶりに対する貢献は計り知れないのかもしれない。ふとそんなことを思った。

ちょうど会話が途切れていたこともあり、今度は宇治川の耳にも入ったらしい。気まずさからか、慌てたように真琴のほうを向いた。

「アーティストへのリスペクトを伝えられるようにという意味でも、俺もしっかり言語化できるようにならないとな」

「言語化できないなら、それは僕の作品の力不足だ」

歯の浮くような台詞《せりふ》を告げることで、内心との帳尻《ちょうじり》を合わせた。

「まさか。言語化の要否も作品によって違いがある。ましてや良し悪しなんてあるわけないしな。単に俺が不勉強なだけだ」

「自信持っていけよ。そう簡単に就ける仕事じゃないだろ。お前は選ばれたんだ」

宇治川は微笑みつつうなずいた。宇治川が喜ぶ言葉を正確に投げて、今後もこの関係を続けていく――真琴が飽きない限り。

所詮《しょせん》通じ合えない二人だった。

お坊ちゃま育ちの宇治川からしたら、虐待や養護施設などドラマの中の話でしかないのだ。宇治川は真琴が養護施設育ちであることは知っているが、虐待の過去については知らない。

大学の講義で、自分が実際に体験してきたことを、『社会の闇《やみ》』と例えられたことがある。学びの材料として扱われたこと、そして闇と一言で例えられたことに疑問を抱いた。そしてそれ以上に真琴は、同じような体験をしてこなかった大多数の側――社会の光で育ってきた側の人間に、自然と敵意を向けていた。だがその後のディスカッションで気付いた。そもそも闇と相対する光という概念すらなかった。

彼ら光にとって闇とは、その存在を意識したときにだけ薄い皮膜に包まれて姿を現す、遠い世界でしかなかったのだ。才能を虚数と例えるのに似ている。結局接点のない世界や概念を理解することは不可能だという、それだけの話なのかもしれない。

その苛立ちから、内心同級生や宇治川に対してどこか突き放した感覚を抱くことがあった。それは今も変わらない。そんな時には影塚もまた、同じ秘密を抱える者として真琴と同じ側に位置することになる。

では接点のない世界にはどうやって触れたらいいのか。皮膜を挟んだもどかしさを受け入れるしかないのか。

真琴なりに答えは持っていた。だから宇治川に、下世話な話題を切り出す。

同級生となら、多少品のない会話をしても平気だった。真琴の中で同級生の宇治川はそういう存在だった。

「そんなことより、鉢山《はちやま》美術館館長の長田《おさだ》さん、教え子とできてるって知っているか？　あと木版画家の山川《やまかわ》と相田《あいだ》は破局したそうだ。次の作品が見物だな。お互い遠回しに別れた相手を利用した作品作りになるぞ」

知っている美術界隈《かいわい》のゴシップを伝える。下世話な話題から派生した想像はどこまでも下世話であり続けるだろう。

眉をひそめる宇治川が潤滑油となり、笑いを嚙み殺しながらさらに伝える。

「そういやこれは有名だけど、セゾン・ド・ミューズの美丘さんはセックスの際に唾《つば》を飲みたがるともっぱらの評判だ。何でそんなこと知っているのかって？　ベッドの美丘さんがどんなだか、不思議と知れ渡っているんだよなあ」

お堅い美術雑誌ではもちろん記事にならないだろうが、あえて伝えた。すでに宇治川の耳には入っていたかもしれない。

今度セゾン・ド・ミューズで展覧会がある真琴の実体験では——と思わせておく。悪趣味な悪戯だった。

案の定、宇治川はしかめっ面で真琴の話を聞いていた。

「よせよ、記事にできないし」

慌てた様子で宇治川は周囲をきょろきょろする。

「記事にできないから楽しい話なんだろ」

動揺する宇治川を見て、にやにやと笑みが零《こぼ》れる。他人の感情をコントロールできた優越感に溺れているのではない。結局真琴も含めて人は他人の手で踊らされているだけなのだと、慌てる宇治川を目にして実感し、安心しているだけだ。

こほん、と控《ひか》えめに咳払《せきばら》いをすると、宇治川は話を切り替える。

「そういう話はいいよ。綺麗なままの人間なんていないんだから」

今日一番の苛立ちを覚え、足を小刻みに動かした。お前のようなお坊ちゃんに人間なんて定義できるわけがない。そう思うし、定義できるのならそれはそれで面白くない。

真琴が知っている最もえげつない話題——影塚と真琴の関係について話してみたくなる。有名美術評論家の影塚でさえ、全裸になればしなびた老人でしかないことを教えてやりたい。その老人が、唾液を垂らしながら真琴のアヌスを貪る喜劇模様を教えてやりたい。

だが打算に溺れている真琴がいる。さすがに言い出せず、口から出たのは再び美丘のことだった。少し声量を上げて宇治川に伝えた。

「美丘さん、肉をぶるんぶるんさせながら騎乗位で攻められるのも好きだってよ。自分が重いのも忘れて果てると倒れ込んでくるから、そのときはグッと身体に力を入れて待ち構えるんだ。プロレスじゃないんだからさ」

より詳細を伝えることで、真琴と美丘のセックスをほのめかした。

案の定宇治川は、その真偽を確かめる勇気もないのに、ばつの悪そうな顔をしていた。

そのとき、ふと隣からの視線に気付いた。

振り返ってみると、先ほど下卑《げび》た会話をしていた女性二人組が、軽蔑するような目でこちらを見ている。

身体の奥底が鈍く熱を持つように、真琴の頭に血が昇る。

「え、何でしかめ面してるの？　似たような話してたじゃん。嫌だよね、セックス下手な男は。あとリエちゃんって子紹介してよ。僕とも浮気でやらせてくれるでしょ」

そう話しかける。宇治川は「おい」と困り顔を見せる。

「何こいつ、キモい。出よ」

女性二人組は荷物を持ち立ち去っていった。「やらせてよー」と背中に言葉を投げたが無視された。

「そりゃキモいよな」

真琴は唇に悪戯めいた微笑を浮かべながら呟いた。闇夜に溶け込む風のように柔らかいその声は、宇治川の同意を引き出そうとする企みの影がちらついている。

人間ができている宇治川は何も言わない。そういった反応になることはわかっていた。

「でも変だよな。何がよくて何が駄目なんだろうか？」

「あのなー」と、宇治川は困ったように肩を落とす。

「お前はそういうところ、昔からエキセントリックだな」

それに付き合うお前もお前だろう。美丘のことも本当は知っているくせに。

公然の秘密を閉ざす自身に酔いしれている宇治川を、鬱陶しく感じた。

口元を歪めながら、宇治川に顔を寄せた。

「宇治川、もっとどぎついゴシップ教えてやろうか？　実は影塚さんと僕――できているんだよ」

さりげなく言ってみた。誰かに告げるのは初めてのことではなかった。

たまにこうして何もかもがどうでもよくなり、明け透けにカミングアウトしてしまう。

しかし真に受けてもらえず、幸いなことに事なきを得る。

自分で言っておきながら、確かにそのとき、幸いなことだと感じている。そしてそれが成功体験となり、また別の相手にも同じことをしてしまう――。

今真琴はこうしてこの場にいる。成功が続いているからだ。気付いたときには手遅れだというありふれたフレーズが、この小さくスリリングな博打《ばくち》を続ける理由となる。

宇治川は大きく息を吐くと、「何だよー」と笑う。今回も同じ結果だった。

「つまらない冗談はよせ。期待しちゃっただろ」

本気にするしないは、常識に照らし合わせてではなく、その人物の理解が及ぶかどうかによってのみ判断される。温室育ちのお坊ちゃまには、パトロンと銅版画家の同性同士のセックスなど、理解の向こう側らしい。

内心はいらついているのか――だったらそれを態度で示してほしい――、宇治川は話を切り替えた。

「じゃあ俺からも一つ。釣り合わないけどこっちは冗談じゃないぜ。お前もいろいろ騒々しくなりそうだぞ。彫友会の最優秀賞を取った若き天才、赤枝を知っているか？」

「知らない」

「嘘つけ。雑誌で対談してただろ」と、間髪入れずに否定された。真琴はにやにやと微笑んだ。

「バレたか、よく知っている。長い時間――とても長い時間、顔を突き合わせている仲だ」

また赤枝の名前が出てきた。業界内の勢いというのは、こうして会話に登場するか否かが大きなバロメーターになる。

「この間の対談、思った以上に業界で大反響だ。本人たちもいないのに勝手にライバル関係にして盛り上げようとしている」

「僕には関係ないな」

「そうはいかないんだよ。もうすぐ美丘さんのギャラリーで展覧会だろ？　あそこで開けたらいよいよ人気者だな」

さっき美丘の名前が出たことを気にしていない体にしたいのか、軽く早口になっている。

「そこにおそらく赤枝がやってくる。だから今日はその展覧会について知りたくてさ。他の媒体よりいち早く載せられたらだいぶ話題になる。早乙女にとっても悪い話じゃないだろ。実は赤枝に早乙女の展覧会案内メールを送らせてもらった。返信は来ていないけど、まあいつものことだ」

「返事来るといいな」

どうせ来ないだろう。まったく期待せずに返事した。

「それで早乙女、今回の展覧会のコンセプトはあるのか？」

「相談して『セピア』になった。僕は白黒で銅版画を制作するから、色あせない記憶という意味と、ここまでの活動の回想という意味を込めた。いつかはセピア色に染まっても、変わらない大切な記憶というニュアンスだね。セゾン・ド・ミューズで展覧会を開くことは、間違いなくキャリアの転換点となるから」

何事もままならない人の世で、恥ずかしげもなく『色あせない記憶』をテーマにした展覧会を開く。そしてそこを大勢の人が訪れる。池で餌《えさ》に群がる鯉《こい》のように野蛮だが、それは真琴も含めてみな一緒だった。

「セピアか。単色刷りで制作を続けているお前にもぴったりだな」

真琴はうなずいた。銅版画は単色刷りが基本だが、もちろん色を付けて完成とすることも可能だ。単色刷りをした作品に後から絵の具で色を付けるのもいいし、刷る際に銅版に詰めるインクを変えることで多色刷りとする、カラーエッチングという技法もある。また二種類の固さが違うローラー、そして粘度の違う二種類のインクを用意すれば、ヘイター法という複雑な刷り方で三色刷りも可能となる。

真琴は多色刷りをすることなく、ひたむきに単色刷りに取り組んできた。多色刷りに対抗しているつもりはないが、構図と線でシンプルに勝負する単色刷りは、結果として自分に合っていると思っている。

「それにしても影塚孝志に見出された天才版画家がセゾン・ド・ミューズで展覧会か。こうして話をさせてもらえるのも光栄だよ。そしてそこに現れるもう一人の天才——」

「勝手に物語にするな」

冗談交じりで告げたが、いたって本気だった。物語化も言語化された概念を結合させている点で似たようなものだと思っている。いや、結合の仕方に節操がないという点では、言語化よりも厄介かもしれない。

「天才たちの競演をみな楽しみにしている。最近レンブラントの言葉を知ってコラムにも使ったんだ。“Sincerity is the eventual deception of all great men.”訳すなら『偉大なる人々にとって、誠実さは結局のところ自己欺瞞にすぎない』かな。早乙女のような芸術家からしたら、誠実さなんて人間の一面でしかないことを理解しているから、素晴らしい作品が生まれるんだろうな」

「気障《きざ》な表現に終始して、すっからかんの文章ばかり書くようなライターになるなよ」

「そんなライターに心当たりあるのか？　お前みたいに影塚先生のような本物に触れていれば、自然と偽物に気付く目は養われるか。ありがとうな、まあ気を付けるよ」

宇治川に対して抱く煮え切らない感情は、きっと宇治川のこの誠実さによるものだった。一方で宇治川はこの誠実さがあるから、真琴のこの醜い感情など知ることはない。

2

アトリエで真琴は銅板に手を入れ続けていた。細い目をさらに細めて銅板と対峙《たいじ》する。影塚にも指摘されたが、作業中に口がわずかに開いてしまうのが真琴の癖だった。

今も桃源郷に辿り着いた彷徨《さまよ》い人のように、首を傾けてポカンと口を開け歯を見せている。しかしこれが純粋な探究心で制作に取り組んでいる証拠だった。

室内は饐《す》えたにおいがこもり鼻腔をくすぐる。窓を開けたら多少はましになった。

展覧会が近い。美丘と打ち合わせをして展示物やレイアウトは決定済みだが、当日に数枚現地に持ち込むつもりだった。

次に制作中の銅板に手を出す。赤枝をモデルにした人物画だった。

生命力に満ちた偉丈夫の顔立ち。荒々しく盛り上がった肉体。

直《じか》に目にした赤枝の身体は、そこからさらに想像で形を成していく。容貌《ようぼう》はより陰影深く整い、肉体はより強張《こわば》り、匂《にお》い立つような男っぷりを銅板の上に表現していく。

目鼻立ちのはっきりした赤枝のルックスには、重厚感を出した仕上がりがいい。腐蝕と加筆を繰り返して安定感を持たせるとともに、黒味が強く出るアルシュ紙に印刷するつもりだった。雁皮紙《がんぴし》やBFK紙では端正で仕上がりが行儀よくなりすぎる。

早い段階で赤枝の取るポーズも決まっていた。後ろで手を突いて座り込む赤枝は、左《ひだり》膝《ひざ》を曲げ、右足は長く伸ばしている。赤枝が実際にそうしているところを見たことはない。しかし真琴の思う赤枝像を表現するのに、このポーズが一番適していると感じた。

今は赤枝をモデルとして銅板にニードルを入れているが、モデルが何であれ、作業中は過去を思い出している。

ふとしたニードルの感触で以前に制作した絵のことを思い出したり、彫った風景からそこに付随する思い出が甦《よみがえ》ったり、静かに時間旅行を続けている。銅版画に限らず制作とはそういうものではないか。集中が足りないのではなく、目の前の制作に没頭する頭の中を過去の出来事が流れて、制作に適した感情を呼び覚ましてくれる。

床に突いた赤枝のごつごつした手をニードルで刻んでいたら、悟郎の手を思い出した。乾燥して石のように固かったが、そこから染み出してくるような父親としてのぬくもりがあった。

悟郎がまだ暴力的になる前、家にいることが多くなった頃だった。話しかけても上の空な悟郎のことが、まだそのときの真琴は心配だった。

ヘビースモーカーだった悟郎は昼間からだらしない格好で歩くようになった。煙草《たばこ》屋に行くとき、何度か真琴も一緒に行ったことがある。いつも手をつないで歩いてくれた。アスファルトの隙間で草が揺れる見慣れた光景も、悟郎と手をつなげばいつもとは違う息吹を感じていた。自販機までの短い道、ぎゅっと真琴の手を握る父の手の感触が嬉しくて、少しだけ歩く速度をゆるめた。

だが平日昼間からそんな様子の悟郎を、近所の住人は遠巻きに眺めていたのだ。そして下世話な好奇心を本人に伝えない程度の社会性を持ち合わせながらも溜飲《りゅういん》を下げたい彼らは、真琴を使って解消していた。

「真琴ちゃん、お父さんがいつもおうちにいてくれてうれしいねぇ」

悟郎が軽蔑されていることには、段々と気付いた。

そしてそのときの真琴は、悟郎が軽蔑されていることが嫌だった。

侮蔑されたことがある人生とない人生とでは、周囲に対する期待値が違う。人は他人を見下したいのだという当然の事実を知っていると、気に入らない相手や置かれた状況を正しく諦めることができる。それが変に処世に役立ったりさえもする。

真琴が一家三人で暮らしていた頃、いつも食卓には檸檬の砂糖漬けがあった。悟郎の好物で、恵子が作ったのだった。

悟郎は一家の主という意味では不甲斐《ふがい》なかったが、それでも夫婦で真琴を間に挟んで楽しく話した時代も確かにあった。

だが悟郎は妻子がいることに耐えられない弱い男だったのだろう。家族という他人のせいで、苦労が増していると考えていたように思う。結果、母親はおかしくなって命を落とすことになった。

誰にとっても他人は想像より遠い存在で、お似合いの二人などという関係性はない。だから全ての人間関係は妥協の産物だが、たぶんその妥協という自嘲《じちょう》的なスタンスの裏には、歩み寄りたいという真摯な愛情があって、それが二人をお似合いにさせるのだろう。

檸檬の砂糖漬けはタッパーに入っていて、いつも檸檬のスライスが三段に重なって冷蔵庫に入っていた。果汁を含んだ砂糖はきらきらして、舌に乗せると甘酸っぱさとともにじゅわっと溶けた。それが心地よかった。

だから――かどうかはわからないが、真琴の銅版画のお供も、タッパーに入った檸檬の砂糖漬けだ。簡単すぎて味の再現はたやすい。懐《なつ》かしい記憶があるから、甘酸っぱさは今もずっと特別で、真琴を捉えて離さない。

結局その後、真琴は悟郎に虐待を受けることになり、今は真琴が記憶の中の悟郎を軽蔑している。ただこうして制作中にまだ幸せだった在りし日や、虐待されながら悟郎に許してもらおうと必死になった愚かな自分を思い出せるのは、好き勝手に思い出しているだけかもしれない。時間は全てを有耶無耶《うやむや》にするだけなのに、時間が全てを解決すると例えたお気楽な幸せ者は誰だろうか。

一時的に緊張を解き、大きく息を吐く。

赤枝の手ができあがった。赤枝と出会う何年も前、とっくに消えた家族のことを思い出しながら、出会ったばかりの赤枝を銅板に落とし込んでいるのが妙な感覚だった。この感覚は銅版画制作を始めたときから変わらない。

その後、筋肉が突っ張った赤枝の腕を彫ると、菓子パンを口にしてペットボトルのお茶で流し込んだ。

集中して作業するために、コンビニで数食分多めに買ってきた。一人で食べるには多い量だったため、レジをした初老の店員が、「いいですね、お出かけですか」と気のよさそうな笑顔で話しかけてきた。

以前この店員が柄《がら》の悪い客に絡まれて、何度も平謝りしていたのを見たことがある。皮肉ではなく、へこたれずによく笑顔を振りまけるなと感心する——。

また過去に思いを巡らせる。

あれはまだ真琴が保育園の頃だっただろうか。

近所で毎年恒例のお祭りがあって、悟郎のような保護者たちも神輿《みこし》を担ぐことになった。

「真琴。お神輿かっこいいんだぞ。去年も見たけど覚えてるかな」

当日の朝、悟郎はそういって真琴の頭を撫でてくれた。悟郎自身もすごく楽しみにしているのがわかって、真琴はそれがうれしかった。保護者は町内会の準備があるということで、悟郎は真琴より早く家を出た。やがて友達に誘われ、真琴も家を出た。

集会所前に臨時テントが張られ、保護者たちが集まり大賑《おおにぎ》わいだった。すでに酒が入り、顔が赤くなっている者もいた。

そこに悟郎の姿はなかった。友達はすぐに親を見つけたこともあり、もの悲しさを感じた。少し不安に思いながら、一人で周囲を歩いていた。すると悟郎はテントから少し離れた駐車場にいた。法被《はっぴ》に鉢巻き姿の父は、同じ姿をしている町内会長の前で頭を下げていた。会長もその息子もやたらに威張るので、真琴は好きではなかった。

そのときだった。

「ちゃんとやれっていったろ。どうしてお前は何もできないんだ」

会長の平手が、悟郎の頬に直撃する。悟郎は頬を手で押さえながら、「すんません、すんません」と謝っている。とっさにその場から逃げた。

その後で本格的に祭りが始まった。

色とりどりの提灯《ちょうちん》がぶら下がり、やわらかい光を放ち揺れる。たこ焼き、金魚すくいの屋台が並び、いいにおいがしていた。真琴ぐらいの年齢の子供たちはみな浴衣や甚平を着てはしゃいでいた。小さなラジオで音楽を流しており、笛の音と太鼓のリズムが心地よく響いていた。

そんな中を、みんなで声を上げながら神輿を担いだ。小さい神輿があり子供たちはそちらを担ぎ、大人が担ぐ大きい神輿の後に続く。さっきの光景がショックだったが、真琴も声を上げることでごまかした。でも目の奥に涙がたまっているのがずっと気になって、それが溢《あふ》れ出てこないか心配だった。

そのとき、「がんばれ」と横から声がした。振り返ると悟郎だった。

「真琴ー、すごいだろ御神輿。がんばれー」

悟郎はさっきのことなどなかったかのように、満面の笑みを浮かべていた。そして神輿が動くのに合わせて自分も動くのだった。

悟郎は大きく手を振りながら、「そーれってみんなでかけ声を出すんだよ。真琴もできるかな。ほら、そーれ、そーれ」と大声で叫んでいた。

大きくうなずき、思い切り「そーれ」と叫んだ。

力をもらえた気がした。力をくれたのが悟郎だったのがうれしかった。

悟郎もうれしそうに笑っていた。泣くな、泣くなと真琴は自分に言い聞かせていた——。


今日はやけに優しい記憶ばかり思い出す。

たまたま赤枝の手を銅板に刻んでいて、そこから悟郎の手を思い出して、さらに手をつないだ記憶が甦ってと、芋蔓《いもづる》式に記憶を想起しているだけだろう。初めに虐待の記憶を呼び起こしていたら、おぞましい記憶が連鎖していたはずだ。

もしそうなっていたら、ニードルの動きにも、銅板に入れる線にも違いは生じていたのだろうか。銅板上の絵は変化していたのだろうか。それはわからないのだが、わからないままで片付けたくない傲慢さは確かにある。

過去が絶対的であるせいで、記憶の相対性がもどかしい。頭一つあるだけで思い出せるが、その代わり覚束ないし真偽も判断できず、変えることもできない。

人は過去に弁護士をつけたがると歌ったのは、中島みゆきだっただろうか。過去は凝《こ》り固まって変わらないのに、それの掬い取り方で今という時間は柔軟に形を変えてしまう。ましてや形を変える要因は、他にも山のようにあるのだ――。

「どうしたものか」

小さくつぶやいた。静かな室内に乱れた呼吸音が放たれて、すぐ消える。

「どうにもならないんだ」

困惑のため息。諦めにも似た目つき。

真琴は「難しいね」と、壊れそうな吐息に紛れるように囁き、果ての見えない宙を仰いだ。その声は星々の光も届かない空虚に吸い込まれていくようだった。頭部を支えているのが不思議なほど、細い首筋が伸びていた。

無数の分岐点を纏《まと》め上げてたまたまできた、今という概念。

道具や技法、制作者の思い。それらがたまたま結集した要因でもって制作され、なお刷り上がりはさらに多くの要因により姿を変える――神様という概念を持ち出さなければならないほどに不確定要素の集合体である銅版画。

銅版画は神への服従を意味する愚かしい刻印でしかないのか。

真琴は、人は、何もできないのか。できることはあるのか――。

3

晴れの舞台にふさわしい、快晴の日だった。

駅を出れば人足も多く、街はいつにも増して活性を帯びている。デザイン系の建物が多く並び、ショーウィンドウが空から注ぐ光の粒を弾いて街全体が発光しているような、心が浮き立つ日だった。

そんな華やかな通りを少し外れたところにある、セゾン・ド・ミューズの入り口には、ポスターが貼られて来場者を迎え入れている。硝子《ガラス》張りのギャラリーはおそらく計算されて設計されているのだろう。陽光をうまく反射して増幅させながら取り入れることで、開放的で明るい空間を見事に演出している。

「何をしに来た」

真琴の声が鳴り響く。すでに大勢の人が集まる中、トラブルは起こった。柄の悪いチンピラ二人組が、ちょっかいを出してきたのだ。

「俺たちは客だぞ」

長身でサングラスをかけたひげ面の男と、長髪でアジア系の顔立ちをした男だった。たまたま通りかかり、からかい混じりに入ってきたように見える。

「ここはあんたらのような人間が来る場所じゃない。アートを楽しみたい人のための場所だ。精神の貧しい人間は帰れ」

スタッフの制止を振り切り、真琴は二人組に怒鳴りかける。タイトなブラックスーツに同じく黒のタートルネックを合わせた、オールブラックのコーデだった。華奢な体格がさらに引き締まって見える。

チンピラを追い返した後、真琴は注目している来客をぐるっと見つめながら言った。

「お騒がせして申し訳ございませんでした」と大きく頭を下げる。髪がふわっと揺れる。

「あんなやつらのことは忘れて作品を鑑賞してください。あえて言いましょう、僕は先ほどの二人を軽蔑します。芸術を楽しむことを阻害する行為は、誰であれ軽蔑に値します。今日はどうか私、早乙女真琴の作品を存分に堪能していってください」

誰か一人が拍手をした。続いて誰かが同じく拍手をする。やがてギャラリーは大きな拍手に包まれた。照れくささもあるが、真琴は一人一人に丁寧に挨拶をした。


セゾン・ド・ミューズは美丘静恵の父親が建てたギャラリーで、昭和の画壇を生涯賑わせ続けたある画家が、下積み時代に何度も展覧会を開いたことで知られている。美丘の父親は自分が気に入ったアーティストにしかここの使用を許可しなかった。しかし目をかけたアーティストはみな大成していることから、セゾン・ド・ミューズで展覧会を開くことは一つのステータスとなっていた。それは経営者が美丘になってからも変わっていない。

ポスターには大きく『セピア』と書かれ、その下にサブタイトルとして小さく『天才、早乙女真琴の世界』と書かれていた。

バックには代表作『パライゾ』とともに、腕を組んで涼しげな表情の、ジャケットを羽織った真琴がこちらを見ている。

パライゾは真琴がたまたま訪れたウェブサイトで知った、ミクロネシア連邦のピンゲラップ島からイメージを造り上げて制作した。荘厳な大木の中に小さな石造りの教会が建っている様を描いた銅版画となる。木々の葉や樹皮、木漏れ日や石造りまで、ニードルで微細な線を丁寧に入れていき、数ヵ月がかりで制作した。触れたらじんわり温かくなるような木漏れ日の具合を、柔らかいインクと紙を使いうまく表現できて、賞をもらうことができた作品だった。

展覧会には早乙女真琴の作品目的で訪れる者もいれば、たまたま通りがかって興味深そうにポスターとギャラリー内を覗く者もいる。

美丘静恵が経営するセゾン・ド・ミューズのホームページでは、少し前までは本日別の画家の展覧会が催される旨案内されていた。それが急遽《きゅうきょ》中止になり、代わりに早乙女真琴の展覧会の日程が前倒しで開始されていたのだった。本来展覧会を開くはずだった画家は、経営者の美丘静恵の誘いを断ったと、そんな噂が関係者内で流れているのだが、いつものことなので誰も気にしていない。

真琴は会場に立ち、笑みを絶やさずに、訪れる客一人一人に丁寧に対応をしていた。陽光が当たる日向《ひなた》に足を踏み入れると、下ろした柔らかい前髪が光り輝くのがわかる。

そこに「早乙女さん」と、美丘静恵がやってきた。

ジャケパン姿で展覧会の雰囲気を損《そこ》ねないようメイクも薄くなっている。ここまで真琴も準備やら関係者への挨拶やらで慌ただしかったので、美丘も声をかけるタイミングがなかったのだろう。

「この間はありがとうね」

微笑みかけるその顔に、真琴は美丘の意図を見抜く。先日の夜の相手へのお礼など、わざわざ声をかけてまで言うことではない。つまり美丘は、真琴をからかいにやってきたのだ。ここに集まる多くの客、関係者と自分は違うのだと思い知りたいために。

あえて見透かしたような微笑を返すと、「いいえ、その……」と困ったように眉を下げた。

そして周りに聞こえないように、そっと小声で囁きかけた。

耳元に口を寄せる仕草は軽やかでどこか無防備だった。しかし微かに揺れる指先は、蜘蛛が獲物を捕らえるために糸を紡ぐ瞬間のような不気味さが漂っていた。

「お楽しみいただけたなら光栄です。どうでしたか、極上のチンコは気持ちよかったですか」

美丘は思わずプッと吹き出す。

「品のない言い方するわね。それに極上かどうか判断するのはこっちでしょ――まあ、最高だったけど」

「何をもったいぶっているんですか。もっと素直に喜んでください。気持ちよくて仕方なかったくせに」

思わず二人で笑い合った。さぞかし不細工な笑みだっただろう。

まさかこの展覧会開催の裏に、下品な交渉が行われていたことなど来客は知るよしもなく、この静謐《せいひつ》でアーティスティックな空間を楽しんでいる。品性や知性をまとったように、一点一点の作品を見て回っている。

真琴の作品の力でもあるのだが、美丘のキュレーションによる空間演出もあった。欲望に忠実なあまりぶくぶく太った雌豚が、また別のときにはアーティストの思いを最大限伝える空間を創造しているのかと思うと、不思議を通り越して困惑する。

裏事情など何も知らない来客からしたら、この空間が全てだった。ありふれた例えだが量子力学を思い出す。観測者が影響を与えるなら、観測されていないところに意識は及ばない。

美丘の痴態を知っているので、思考を巡らせるにも美丘の嬌声《きょうせい》が脳裏をよぎる。気が散ってしまうので、何だか自分だけ損をしている気になる。

美丘は自身の優越性を誇るかのごとく、優しい口調で言った。

「わかっているでしょ？　本当ならあなたの面倒なんか見たくないのよ」

「それはきついなあ」と、声を押し殺して笑う。

「でもわかっていますよ。だから僕もあなたに、プレゼントとして特別な時間をご用意したのです。もちろんご希望でしたら今後も」

真琴の細い目は異様に澄んでおり、深い井戸の底を覗き込むような錯覚を覚えさせた。

微笑みを浮かべた唇から漏れる高い声が美丘の耳をくすぐる。

「話が早いわね。楽しみだわ。あなたが赤枝くんに対抗するにはこれぐらいしないとね」

「そうですね」と余裕の笑みを浮かべてみたが、また赤枝かと、不愉快さが真琴の意識に一瞬だけ影を落とした。

「どうですか、僕の絵は」

秘密の情事について周りに聞かれたら危ないので、話を切り替えた。赤枝の名前が耳障りだという感覚も煩わしかった。

「今さら私が言わなくてもわかるでしょ。あなたは間違いなく天才だわ。まあこの業界、天才は大勢いるけど、話のわかる天才は珍しいかもね」

「ありがとうございます。大勢の才能を味見してきた美丘さんに言ってもらえて光栄です」

「味見って、随分含みのある言い方ね」

「また今度、僕の味見、お願いしますよ」

美丘がお願いされる側にいることを強調するため、あえて頼み込む言い方にしてみた。

「考えておくわ。決定権は私にあるからね」

美丘のでっぷりした唇が笑みを浮かべ、嘲《あざけ》るように真琴を見つめる。案の定、気を良くしている。喜ばせるために駄目押しで「楽しみだなあ」と伝えたら、美丘はわかりやすく目尻《めじり》に皺を寄せた。

展覧会を流れる人の様子を見ていると、やはり『自画像』の前で足を止める客が多い。三年前に賞を取ったほうではなく、今回新しく制作した、二枚目の『自画像』だった。

一見、その絵は自画像には見えない。銅板に思うがままに線を入れているだけのように見える。線をつなぐとかろうじて人の半身を取っていることがわかるような作品だった。ぐちゃぐちゃにした針金で人の形を作ると、似たような形になるかもしれない。しかし針金では真琴の意図は実現できない。銅版画だからこそできた表現だった。

さらにギャラリー内を見渡した。客と目が合えばにこりと笑って会釈をする。そのくせ内心ではいたって冷静に目に映る人々を眺めている。すると誰もが大事な何かを守るのに必死で、周囲に気を回す余裕なんてないことに気付く。

ある中年男女ふたり組の男性のほうは、真琴の銅版画にどのようなテクニックが使われているのかに明るい。まるで自分が制作者であるかのごとく語り続けている。意地悪な真琴はわざとその二人の前を通ってみたが、語り好きの客は特に臆《おく》している様子もなかった。

ふと硝子張りの外を見ると、若いカップルがギャラリー内を覗いている。それから入り口のポスターに目を向けて、笑みを浮かべながら話していた。真琴のことを知らないようだが、興味を惹かれたのか中に入ってきた。

目で追おうとしたが、盛況の最中、来場者数の多さが気に入らない男性がいた。切りっぱなしのパサパサの白髪頭で、チョッキを着ている。

「こうも騒がしくてはじっくり鑑賞できないいな」

声の大きさに、男性へ視線が集まる。ただ男性も、わざと周囲に聞こえるように言ったのだろう。スタッフがなだめるが、「絵の教養もないやつなんて入場禁止にしろ」と、無理難題を持ちかけていた。

「本日はお越しいただきありがとうございます」

自分が出ていくのが早いと思い、後ろから声をかけた。

頭を下げることが負けだと感じたのか、男は軽くうなずくだけだった。

「いかがでしょうか。僕の作品は」

大勢の客の中から声をかけられたことに気分をよくしたのか、男性は口の端を上げて作品に目をやった。

「『自画像』の実物を初めて見たが、なるほどいろいろ道具を使っているな。エングレーバーやスクレーパー、バニッシャーはもちろん、目のあたりに使っているのはサンドブラスター、口周りにシュガー・アクアチントの技法も使っているな」

真琴はにこりとほほ笑みうなずいた。

「よかったら作品について説明してくれないか？」

面倒だと思いつつ、仕方なく付き合うことにした。

「自画像を描くことは自己を客観視し、他人が見た自分という存在を探る試みです。この作品のモデルは僕です。しかし今お話しさせてもらっている僕が意識する僕自身と、みなさんから意識される僕とで大差はありません。強いて相違を挙げれば、制作者なのでこの絵の裏にある思いやドラマをみなさん——他の鑑賞者より多く掬い取れることぐらいです」

「ぐちゃぐちゃに顔を崩しているのはどうしてだ？」

男性は挑戦的な目を真琴に向ける。

「これは崩しているのではなく、見えないだけです。この絵の僕は、制作者である僕に、そしてもちろんみなさんに見られています。銅版画には様々な道具、技法があります。ご存じのように僕はそれを可能な限り全て使いました。本来なら用途に応じた道具を使うべきですが、この『自画像』において肝要なのは、やたらめったら道具や技法を使い、あらゆる線を銅板に刻み込むことでした」

真琴は『自画像』を見上げた。男性も追いかけるように視線を向ける。

「絵の中の僕からすれば何ら意味のないことです。絵の出来にもまったく関係ありません。だからこそ、あえてそれを強調しています。道具や技法は、絵の制作者である僕、そしてこの自画像の中の僕——つまり僕とは別の僕です——から見た他者の視点です。鑑賞されるという客体性の内に、鑑賞するという主体性を強調する。これは現代における他者の視点の暴力性と重なります。そしてエッチングにより銅板を腐蝕させることでさらに貶めて、最後に印刷でそれを大げさに見せつけます。インクの練りやプレス機のかけ方は、あえて適当にしています」

「ジャコメッティと似ているな。影響は受けているのか？」

「いいえ、偶然です」

「そんなことないだろう」と、男はしたり顔で口の端を上げた。

ジャコメッティは生涯に数点の自画像を残している。二十代に描かれた自画像は、近代的自意識に支えられて鏡に映った自身を正確に描いているが、徐々に自画像の中の顔貌《がんぼう》は変化を遂げて曖昧になっていく。ジャコメッティといえば細長い粘土の彫像だが、あのスタイルが確立されたのは四十代と意外に遅く、自画像もその頃からスタイルを変えていった。

二十代の頃の凜々しい自画像とはうって変わって、五十代、六十代で描かれた自画像は、どこか鑑賞者を不安にさせるような覚束ない雰囲気がある。自己と自己以外の境界線を求め続けた結果だろう。境界線を求めるベクトルは自我を見失う危険性、主体性の欠如をはらむが、ジャコメッティがスタイルを変えつつも生涯自画像を描き続けられたのは、アーティストとしての才能、そして何よりも挑戦心の賜《たまもの》だと思う。

こっそりと呆れながら、真琴はおどけて額を叩いて見せた。

「ただジャコメッティのことはもちろん知っていたので、どこかで影響受けたかもしれません。素晴らしいですね、見抜かれました」

実際、ジャコメッティと似通ったのは偶然なのだが、男性は満足げな表情を浮かべた。

真琴の思惑どおりだった。このタイプは制作者が明かした解釈が自分の解釈と違うと、なぜか否定してくる。鑑賞方法は自由ではあるが、この場合は真琴とこの男、どちらが正しいのだろう。

「よく理解できた。引き続き楽しませてもらうよ」

「ゆっくりお楽しみください」

勝ち誇った様子の男に、真琴は深く頭を下げる。聞き耳を立てていた周囲の人間の口元がわずかにほころんだのがわかった。居丈高《いたけだか》な男の態度に嘲笑《ちょうしょう》を向けたのだ。それは真琴が軽薄に返したことに対する賞賛、そしてそれに気付かない男に対する侮蔑のほころびなのだろう。

だがその様を真琴は冷静に傍観していた。そのほころびが同時にまた別の端緒となって、侮蔑や軽蔑につながることもある。

ささやかな冷笑でさえ、する側とされる側という役割の固定化につながる。

客体からは冷笑されうる理由が際限なく生み出され、主体はその理由の中から、お手軽でお気に入りなのを選ぶ。そして適切な誹謗というありえない概念が生まれる。己だけの基準に則って、人を腐蝕させることができるようになる。それはいたって主観的な概念だから、誰にも邪魔されようがない。

まるで展覧会には蜘蛛《くも》の糸が張り巡らされているようだった。

学生時代に読んだ、芥川龍之介《あくたがわりゅうのすけ》の『蜘蛛の糸』を思い出す。

――こら、罪人ども。この蜘蛛の糸は己のものだぞ。お前たちは一体誰に尋《き》いて、のぼって来た。下りろ。下りろ。

カンダタは一人蜘蛛の糸を伝って畜生から助かろうとするが、お釈迦様《しゃかさま》に糸を切られて再び畜生へと落ちていく。

授業後、友人の言葉と取った行動がやけに印象に残っている。大熊《おおくま》というやつだったはずだ。

「お釈迦様、何だかえらそうだな」

大熊はそういって教科書の『お釈迦様』と書かれた箇所を、全て塗りつぶして『大熊様』に変えるという悪戯をした。そして仏像のポーズをして、みんなで笑ったのを覚えている。

印象的なのはそこではない。お釈迦様を大熊に置き換えて読み直すと、途端に作中のお釈迦様が、底意地の悪い煩悩まみれの存在になったのだ。あの物語で真に滑稽な存在なのは、畜生でもカンダタでもなく、お釈迦様だという視点はないのだろうか。

もしカンダタが機転を利かせて、蜘蛛の糸を伝って大熊の手に上がってきたとしたら、ほほ笑みながら手で落としそうである。蚊やそれこそ蜘蛛をはたき落とすように。

誰かを見下したくて上を求める。しかし上を求める行為それ自体、見下されるにふさわしい醜悪さを内包する。その場合に採れる行動は――。

にこやかに微笑んだまま、引き続き丁寧に来客対応する裏で、そんなことを思っていた。美術品の展覧会では、こんな人間模様は日常茶飯事となる。

真琴は小さなステージの上で、簡単なトークショーをすることになった。

「今日はお越しいただきありがとうございます」

拍手をもらい、司会の質問に答えていった。

初めは作品解説だったが、次第に銅版画制作自体について話が広がっていく。

「簡単に言えば銅板を腐蝕させて、そこにインクを詰めて――」

本当はもっと大きくて複雑な感情がある。

しかし一つ一つ頭の中で言葉を作り、それを自分で話すことで、いろいろ削《そ》がれて味気ないものになっていった。応用編を省いて初歩的な内容しか載っていない参考書のように、簡潔に本質は突いているが、本質だけで事象は成り立っていない。

しかしそれが他人からしたら理解を深める一助となるからわからない。人と人はわかり合えない、言語化はそのことを確かめる作業のように感じた。

――なぜ銅版画に興味を持ち、なぜ銅版画の制作を始めたのですか。

何度もインタビューで答えてきたその質問に、いろいろな答え方をしてきた。たまたま出会ったから、繊細な表現が可能だから、描き上げるまでの選択肢が多彩で楽しそうだから――。

しかし本当の理由は、初めからずっと心の中に持っていた。こういう場で答えることは、今までもこれからもないだろう。

興味深そうにトークショーに聞き入っている面々に恨みはないが、機械的に心の中で悪態をついてみた。前に陣取るな、眠いなら帰れ、汚い靴で来るな、スマホ見るなら外に出ろ――。

機械的な悪態では真琴自身の心象に変化もないし、罪悪感も気の毒さも感じなかった。

客足が落ち着いてきたところで、「早乙女先生」と若い男性に話しかけられた。あるパーティーで出会った美大生だった。あの日はスーツだったが、今日は白い開襟シャツに黒いスラックスと、ラフな格好をしている。

「どうしても直に作品を見たかったのでやってきました。すごかったです。足下にも及びませんけど、勇気はもらいました」

満面の笑みで嬉しそうな学生に対して、よそ行きの笑顔で微笑んだ。

「そう言ってもらえるとうれしいですよ。アーティストの世界は毎日刺激的で楽しいよ」

「俺も絶対になりたいです」

制作の心構え、展覧会の準備、残りの学生時代の過ごし方などについて一通り話した後、ちょっと悪戯心が涌《わ》いて、用意していた言葉を伝えた。

「そうそう、熱心に制作を続けるのと、身体は常に綺麗にしておきなよ」

にこにことしながら伝えると、「え？」と学生は目を丸くする。

「身体を綺麗に……何でですか？　あっ。制作に没頭して何日も徹夜したり風呂《ふろ》に入らずにいると不健康で不衛生《ふえいせい》っていうことですかね？」

「違う違う。そういうことじゃなくて。そっか。君はまだそういうの知らないか……。教授によってスタンスは変わると思うけど、こういうのはちゃんと学校で教えたほうがいいと思うけどね。大切なことだし」

思わせぶりに宙を向き微笑んでみせる。

「……何ですか」

学生の声は震えている。言葉には戸惑いが滲み、真琴がしつらえたかすかな沈黙に隠された意図を探ろうとするように視線を彷徨わせている。

しかし学生がどう振る舞おうと、捕らえようとするほど指の間からこぼれ落ちる砂のように、核心に辿り着くことはない。だから真琴は導きの手を施すことにした。

あたりに誰もいないことを確認すると、「こういうことさ」と学生の股間を手でつかみ、グッと顔を近付けた。学生は硬直して真琴を見つめる。真琴の口元を歪めた笑いが学生の瞳に映っている。何かに勝ったわけでもないのに、勝ち誇ったように笑っている。

「みんなやっていることだから。何なら芸術の感性を磨く足しになるし。でも気を付けてね。僕ぐらいになると大丈夫だけど、君はやられちゃうよ」

人をからかう伝承のある妖精《ようせい》、ドゥエンデのように真琴は毒々しく微笑む。

学生は神妙にうなずいた。

「離してもらえませんか」

言われたとおり、学生の股間から手を離した。熱を奪い取ったように温《ぬる》い。

「……ごめん、怖がらせちゃったか。嘘だよ」

「そうですか」と、学生は力なく微笑んだ。

「でももしこんなこと本当にあって、抱かれたら贔屓《ひいき》してやるって言われてさ、そのときに焦って拒《こば》んでチャンスを逃したら一生ものの損だよね。せっかく美術界で名を売るチャンスなのに」

「そう……ですよね」

何だよ、しっかり否定してやったのに。真琴は内心おかしくてしょうがなかった。

影塚とか美丘のような化け物が例外なだけで、そうではないケースがほとんどのはずだ。だから嘘だとちゃんと種明かししてあげただろう。

この学生は勝手に想像を膨らませるに違いない。この業界にはこんな秘密があるのだという考えに囚われて、真琴の冗談を信じて身体を綺麗にしたりするかもしれない。

もし何年後かに会ったら、真琴が使っているメンズ美容クリニックでも教えてやろうと思った。

たじろいだ様子で学生はギャラリーを後にしていった。


場内の雰囲気が一変した。期待と緊張の入り混じった空気が満ちていく。あちこちで囁きが低く交わされ、人々の視線は一人の人物に集まっていた。

このように展覧会となると知った顔が多く訪れるが、そこにまたもや見慣れた顔が現れたのだ。影塚だった。間宮を引き連れている。

「よく人が来ている。十分なことだ」

周囲を見回すと、影塚は満足げな様子を見せた。

影塚に気付いた美丘がやってきて、深々と頭を下げる。

「影塚先生。こんなところまで来ていただきありがとうございます」

「美丘さん、相変わらずの企画力だ。早乙女くんは私も目をかけている優秀なアーティストなので、セゾン・ド・ミューズで展覧会が開けてよかった」

真琴からしたら、どちらもセックスで結びついている関係の二人なので、醜い三角関係を想像して思わず口の端が上がった。実際のところ、たとえ真琴が美丘に抱かれようとも、影塚はどうも思わないのだろう。そして美丘は自分のやり口が影塚に伝わっているとは夢にも思っていないらしい。

真琴は周囲を見回した。

背筋を伸ばして来場して物知り顔で場の空気を楽しんでいる、全ての人間が愚かしかった。セックスで頭がいっぱいの連中で作り上げたこの会に足を運んだことをＳＮＳにアップして、自身は高尚な人間だとアピールでもするのだろうか。


帰りの静かな車内で、今日は革張りのシートが妙に冷たく感じた。ガラス越しの街は遠く、車内の静寂が肌に貼りつく。影塚という存在が真琴の現実を縛り付けていた。

影塚の手が真琴の局部へと伸びた。

影塚は真琴がもてはやされているその様を見て、自分のものにしたかったのだろう。果実を大きく実らせてから一息にかぶりつくような、サディズムと吝嗇《りんしょく》ぶりを感じる。

このまま影塚宅につれていかれて、ベッドに押し倒されるのだ。

情事を楽しむために苦労を厭《いと》わない、たいした行動力だった。

だが真琴が頑《かたく》なに銅版画家であろうとするのも、似たようなことなのかもしれない。

先ほど出会った大学生を思い出す。

真琴はパトロン的存在に身体を売る、後ろめたさにまみれた人間だった。

挑発的に影塚を誘惑してみたいという思いにかられ、影塚の皺だらけの唇にキスをしてみた。おそらく初めて見せた積極性に、影塚は戸惑っていた。

単にやけになっただけなのに、わかりやすく反応する影塚が馬鹿馬鹿しい。

やけになったということは、裏を返せば真琴は、まっすぐに芸術作品だけを評価されて活動ができるという現実を追い求めていたことに他ならない。

それに気付いたとき、影塚への苛立ちはさらに募った。


予想どおり、そのまま影塚の部屋へ連れていかれそうになった。

影塚はそのままでいいという。しかし真琴も自分でどういうこだわりなのかわからないが、どうしても身体を綺麗にしてから抱かれたい。温水洗浄便座で肛門と腸内を洗浄し、バスルームで汗を流してから影塚の部屋へ向かった。

服を脱がされる前、ＤＶＤが映らなくなったから見てくれと頼まれ、テレビへ向かった。単に入力切り替えが正しく選択されていなかっただけで、すぐに解決した。ラブホテルのカップルみたいなやり取りに辟易する。

画面にはあどけない笑顔の幼女が全裸で映っていた。にこにこと微笑んで股《また》を広げて、そこに中年の男が顔を埋めている。画質の悪さからすると非合法の取り寄せ品だろうか。いたいけな幼女の瞳の向こうに、こういう状況に子を追いやる親の冷酷さが見える気がして、さすがにやるせなくなる。真琴もこの幼女も、ちょっとしたきっかけで違った未来があったはずなのだ——。

相変わらず影塚の機械音痴と悪趣味な鑑賞は変わらない。ＤＶＤの種類はさらに増えていて、そこに影塚と真琴のインタビューが掲載された雑誌も置かれていた。

それからは、いつものようにペニスを舐められた。つくづくこの男は、真琴の身体なら、身体から分泌されるものなら何でも受け付けるらしい。愛が何であるかおそらく真琴は知らないが、少なくとも影塚が真琴に抱く感情が愛でなければいいと思っている。

「この間教師を怒鳴りつけてしまった高校の美術部員、一人辞めてしまったらしい」

心底悲しそうな表情で、影塚は言った。その姿はどこにでもいるただの老人だった。

身体だけの関係でなく、何気ない雑談もできるような仲になれるとでも考えたのか。意外に平凡な人間的なところもあるのだと拍子抜けした。気に入らないことや疑問に思うことがあれば、暴力に訴えてでも願いを叶えるのが影塚孝志ではないのか。

影塚は興奮のままに真琴の身体をひっくり返す——この乱暴さこそが影塚の本当の姿のはずだった。

今日はいつもと違い、影塚はアヌスまで舌で愛撫してきた。

散々ほぐされた後で、真琴はまた影塚のペニスを受け入れることになる。

昼間にからかった大学生は、制作を続けるのだろうか。ふと思った。

4

真琴はハイエースを運転してアトリエへ向かっていた。さっきから前を走る車のテールランプの点灯が、夜の闇にせわしない。たいして空いているわけでもないのに、スピードを出しては止まり、出しては止まり……を繰り返しているからだった。

そんな乱暴な運転をしているからか、やがて路肩に突っこんで足止めをくらっていた。

邪魔な車がいなくなったと、それを避けてスピードを出す。だがすぐに前の車に追いついてブレーキを踏む羽目になった。

あらためて先日の展覧会を思い出す。展示作品を評価する様やそもそもの言動など、訪れた客の独善性に感化されて、真琴自身もさりげなく粗野な振る舞いが多くなっていた。

やはり人と人はわかり合えないのだ。わかり合えないからいつ誰の手で堕落させられるかもはっきりしないし、自分が誰かを堕落させているかもわからない。

だから今真琴は、アトリエに向かっているのだった。

真琴がアトリエのドアを開ける。後ろ手でドアを閉めて電気をつけるまでのわずかな時間、そこは真っ暗だった。

軋むような金属音と布を擦ったような音、そして荒い息遣いがアトリエに響いている。

逃げていないか。

大人しくしていたか。

怖くなかったか。

心配は尽きなかったが――死んではいないようだ。

気が急いて、真琴の息もまた荒くなる。勢いよくドア脇のスイッチに手を伸ばしたら、指をぶつけてしまった。

じんじんとした痛みを感じながら今度こそスイッチを入れると、パッと蛍光灯がついた。どこか茫漠とした室内を光が照らす。

さらに饐えたにおいはひどくなっていた。画材にまで移りそうで、まず最初に窓を開けた。

窓から周囲を見回すが、人の気配はなさそうだった。隠れてこそこそ来るような物好きはいないが、念のためだった。

部屋の隅では、赤枝がこちらをにらみつけていた。足下のおまるに長時間放置された排泄物がたまっており、悪臭の原因はそれだった。

「お前、いつまでこうするつもりだ」

答えが見つからない。眉を下げて小さく息を吐くことしかできない。

赤枝の口に巻いていたウエスはうまくほどけたらしい。道具拭き取りに使う薄い布だからやはり緊縛に向いていなかったようだ。大声で助けを求められても近所は何もない。窓も閉まっていたし徒労に終わっていただろう。

「答えろ」と、赤枝は声を荒らげるが、初めの頃に比べて細く弱々しい声になっていた。足下に置いておいた菓子パンは手が付けられていない。心なしか頬もこけたように思える。

「僕にもわからないんだ」

予期せぬ質問を受けたかのように立ち尽くし、赤枝に細い目を向けた。顔を振り目にかかった前髪を払う。

「ふざけるな」

拘束具で縛られた手首には肉を割《さ》いたような生々しい傷があった。抜け出そうと必死に動いたのだ。足はタオルで縛っているが、手首の拘束は鉄製の拘束具を使った。何となくタオルではほどかれてしまいそうな気がしたのだ。

「何のつもりだ」

「それを言われると僕も困る」

二人で酒の席をともにした後、酔って眠ってしまった赤枝を拘束し、このアトリエに監禁して一週間が経った。

「でも今日は赤枝さんと話したいと思いまして」

この間、電車で出会った粗暴な男を石で殴りつけた。それを告げようとして逡巡《しゅんじゅん》した。

それはつまり、赤枝を解放するかどうかまだ迷っているのだった。だが解放したら赤枝は警察に駆け込み、真琴は捕まる。

真琴が見下ろし、赤枝が見上げる。先日雑誌の対談に載った写真と、偶然にもまったく同じ構図ができあがっていた。真琴は氷のように冷静な表情で、一方の赤枝は炎のように憤怒《ふんぬ》した表情だった。

「どうして赤枝さんを監禁してしまったのか、自分でも驚いています。自首するかどうか迷っています。僕は――」

赤枝の首に手をかける。強気だった赤枝の目から、諦めきったように輝きが消える。

「こんな風に殺すつもりなんてないんです。でも赤枝さんを解放したら赤枝さんは僕のことを警察に告げますよね」

「当たり前だろ」と、赤枝は唾を飛ばしながら声を出す。

「僕は銅版画しかないから。逮捕されて制作ができなくなったら困るんです」

「こんなことしなければいいだろ」

「おっしゃるとおりです……。心からそう思っています。信じてください」

真琴は小さく息をつき、観念したように両手をゆっくりと上げた。Tシャツから腕が伸びる。投げやりな諦念が滲み出す一方で、唇の端に浮かぶ微かな笑みが、どこか挑発的で不敵な余韻を残す。

蛍光灯のぼんやりとした光が、真琴の肌をまるで陶器のように青白く染めていた。

「あっ、そうだ。この間影塚さんと高校を訪問したのですが、赤枝さんのファンだという女子生徒がいましたよ。赤枝さんに伝えておく約束をしたので、今伝えます」

　赤枝は大きく息を吐いた。

「――自分が話が通じない相手だという自覚はあるのか？」

「自覚そのものがわかりません」

「ふざけたことを言うな」

　赤枝は鎖から逃れようと身体を動かした。きしむような金属音が室内に響く。

「何でだ、お前は才能があるのにどうしてこんなことをするんだ。内に秘めた思いがあるなら芸術で解消しろよ！　お前は芸術家、それも優れた芸術家だろ！」

「わからないです。僕がやっているのは芸術家の真似事《まねごと》なだけかもしれません。だから赤枝さんをこんな目に――」

「お前は何者だ」と、血走った目で赤枝は声を絞り出す。水分不足とストレスによるものか、口内から生臭いにおいが漏れている。ガシャガシャと再度鎖が音をたてる。

「もう、助けてくれ……」

　赤枝は泣き出した。一滴ずつ涙が床に落ちていく。

「たいした付き合いでもない俺に、どうしてこんなひどいことを」

「僕もそこが不思議なんです」

　本心だった。赤枝はそれを聞くと、全身の力が抜けたようにうなだれた。

「今から質問をします。ただの興味から来る質問なので、回答次第で赤枝さんの生死が決まるわけではありません。そもそも僕にあなたの生死を決める権利なんてないのです」

赤枝は黙って俯いている。

「赤枝さんの生命力に溢れる生き方、それを制作にぶつける繊細さ、周囲を肯定する生き方、その強さが僕には理解できないのです。どうすればそうなれますか」

しかし赤枝は変わらず、顔を上げようとしない。嗚咽が室内に響く。

「そうか。そうですよね」

落胆のため息をつくと、宙を見上げた。

「僕の過失です。あなたをこんな状況に置いておきながら、あなたから生の意見が聞けるわけない。何とか逃げたいと自己防衛も働くし、僕に対する反発心は正直さを妨げるし、監禁された疲労と恐怖は言語化の阻害にもなるでしょう」

もどかしそうに頭をかいた。監禁することで、赤枝の本来の姿を見たかった。やつれる赤枝をモデルにして銅版画を制作することで、赤枝本来の姿が見られると考えた。しかし結局は想像で荒々しい肉体を彫っていく行為でしかなく、いつもの銅版画制作と変わらなかった。理想を描くだけだから、あまり監禁の意味はなかった。

「でもどうしたらいいんだ。僕はあなたのそのまっすぐな生き方が虚飾だと思い、生死の際に置くつもりであなたを監禁して……。いや、フェアじゃないな。打算がまったくないわけではありません。僕には銅版画しかない。あなたが頭角を現すことで僕の食い扶持《ぶち》が減ったら死活問題です。世間が僕の代わりにあなたを選ぶことになったらと、そう考えただけで気が滅入《めい》ります」

「要は俺が気に入らないということか」

赤枝は納得したようにうなずいた。かすかに顔が明るくなった気がした。おそらくは生き延びられる可能性に希望を抱いたのだ。説明を得たところで自分の身に安全が訪れるわけでもないのに、何かが好転した気になっている。真琴も今の赤枝の立場だったらそうなるはずだ。こんな風に無根拠な思い込みに振り回される誰かが、今日も世の中にはあふれている。

きっと理解は、人を麻薬のような快楽に誘う。しかし理解は他人と共有するものではない。理解に基づいた行動が現実に影響を与えることはあっても、理解そのものはマスターベーションのような独りよがりの快楽にすぎない。それは真琴も変わらない。むしろ真琴はそれに意識的なほうだろう。

「打算だけであなたを監禁しません。やはり僕は、世界を肯定するような姿勢のあなたが、そしてあなたの作品が理解できないのです。誰かに対して否定的な感情を持ったりしないのですか？　あなたがただ闇雲に肯定するだけの無神経な輩《やから》とは思えない。意識的に世界を肯定しているように思えたから、僕ももやついているのです」

赤枝が何か言いそうになったが、言葉が止められなかった。

「否定的な感情だけではありません。あなたは誰かを見下したりすることはないのですか？　誰かに見下されたりすることへの想像力はないのですか？」

「ないわけではない。自分はそうならないように……」

「それです」と、赤枝の動きを止めた。

「今あなたは自分を見下す誰かを見下しましたね。自分はそうならないようにと。だから世界を肯定する無神経さが僕は嫌なんです。目にしたくないんです。だって人は誰かを腐蝕させなくては、生きていけないじゃないですか」

真琴は雑誌を手に取った。影塚の部屋にもあった、真琴と赤枝の対談が載った美術雑誌だった。

「実はお話しているときからあなたの発言が気になっていました。『どんどんやめていく仲間がいるのが悔しいんですよ。あいつらに報いるような作品を作っていきたい』。本当に悔しいんですか？　才能のないやつが消えたと喜んでいませんでしたか？『成長しないと消えますから。成長は人間としての最低限の礼儀』ですか。成長の定義がわかりませんが、あなたは成長しない人間は存在していて、自分はそこに含まれないと考えているんですね。『作品は影響を与えるものでないと鑑賞者に失礼』とのことです。一生懸命作った作品が影響を与えられないケースなんていくらでもあるでしょう。ただただ熱心に作品を作った制作者に対して失礼と言い切れるあなたは失礼ではないんですか？『望郷』の三人は世界中の全ての人間と手をつなごうとしているのですか？　それは無理でしょう。だとしたら三人に手を差し伸べられることはない、静かに生きている存在のことはどうでもいいのですか？　手の届く範囲、目に見える範囲で盛り上がるのは勝手ですが、あまりうるさいと鼻につきます」

　少し早口になっていた。声に出して思いを言語化することで、気持ちが加速している。これは言語化の恩恵か、それとも弊害か。

「赤枝さんだけではありません。僕たちはみな、誰かを腐蝕させているんです。周囲が腐蝕するほど美しい人生となるのです。だから世界を肯定するみたいな綺麗事、言わないでほしいです。そういう人に限って自分が否定している人間に対して無頓着《むとんちゃく》で平気でひどいことできるんです。僕は弱い人間なので、生きていてあちこちに綺麗事を見つけてしまう。でもあなたのような強い人間が見る世界には、綺麗事なんてなくていいはずです。あなたみたいなことを言う人が理解できない――僕もあなたを腐蝕させています。でもだからといって消してしまいたいとは思っていないです。腐蝕させることと殺すことは決して同義ではないです」

　赤枝はすがるような目で「助けてくれ。お願いだ」と言った。

　おそらく真琴の言うことが理解できなかったのだろう。

　真琴は「それ、その顔です」と、目を大きく開く。そして無垢な輝きを帯びた少年のような笑みを浮かべた。純粋な光がその瞳には宿っているはずだった。

「ですよね。世界肯定、人間肯定だなんて結局お高くとまったポーズです。今のあなた、無様ですよ。でも僕だって同じ立場になれば一緒です。むしろ引き締まった身体のあなたより、ガリガリの僕のほうがもっと無様でしょうね。いいじゃないですか。みんな仲良くお互いに腐蝕し合えば」

なぜ真琴は銅版画に興味を持ち、制作を始めたのか。それは――。

描きたい世界を刻むために、無慈悲に腐蝕を繰り返す。しかしその意志がどれだけ強くても、抱いた構想がどれだけ鮮やかでも、制作者の思い通りになるとは限らない。銅版画制作における抗えない理と揺らぎは、真琴の生きる世界そのものだから。

赤枝の身体は震え、目からは涙が流れていた。

メディアで紹介されるときの精悍な顔立ちとはまるで別人だった。

真琴は自身の細い身体に目を向ける。

「人なんて、また別の他人からしたら落ち度の塊です。適当に悪意を向けてみれば糾弾すべき点がぼろぼろ出てくる、不気味で不適切な存在なんです。赤枝さんも僕も、誰だってそうです。だからそのことについて、誰かに話を聞いてみたかった」

真琴の言葉に、赤枝の動きがぴたりと止まる。そして真琴を見上げると、絞り出すように言った。

「話を聞いてみたい？　それは腐らせ合いとは真逆の考え方だろ」

きょとんと赤枝を見つめる。口をわなわなと震わせる。

「確かに……。どうしましょうか」

思いがけない指摘に、真琴は額を手に当てた。

「知るか。べらべらと俺に話をするその態度もまた、腐らせ合いではない。お前は誰かに自分をわかってほしいだけだ。まさかお前がこんな変態野郎だとはな」

「そ、それはおかしいです。やめてください」

少しだけ真琴の声が大きくなった。髪をぼりぼりと掻くと、柔らかい髪が一瞬ふわっと上がった。

「まさかも何も、僕を一面で判断していたのは赤枝さんじゃないですか。人には意外な一面が必ずあって、それに直面したら驚くしかできないです。そこに賞賛も軽蔑も不要です。だって判断する側の赤枝さんだって意外な一面があるのですから。何となく頭で勝手に描いていた人物像なのに、実際と違うとか考えるのはおかしいです。そんな独善、やめてください。一貫したスタンスであるべきなんて、神様でもあるまいし無理です」

しかし日常において、一面的であることを要求される事象はありふれている。だから真琴は自衛が必要だと感じていたのだが、正しい手段を見つけられずにいた。しかし赤枝がヒントを教えてくれた気がした。

「赤枝さん、あなたのことは死なせません。またお話ししたいです。この絵もうまくいきそうです」

制作中の銅板を赤枝に見せた。銅板の中の赤枝は快活な表情で肉体もはち切れそうに盛り上がっていて、監禁されている赤枝とはまるで違う。

「監禁されてうなだれているあなたを手がかりとして、僕はこの銅板を彫ることができています」

あえて真琴は赤枝にそう告げた。本当は手がかりなど不要で、ただ自分の理想を描いているだけ、現実を基としない想像だけで描いているかもしれないことが怖ろしかった。

テーブルの上の菓子パンを手に取って、赤枝の足下に置いた。排泄物のすぐそばに食品が置かれているのを見たら、何だか吐きそうになる。

「しっかり食べてくださいね。トイレについてはすいません。すごいにおいですね。本当なら窓を開けておけばいいのですが。万が一ということもありますし。出ていくときは閉めさせてもらいます」

「解放しろ、ふざけるな」

怒りを一身に浴びながらも、真琴の表情は、長い間探していた親友とようやく巡り合えたかのような純粋な喜びに満ちていた。澄み切った目で、赤枝の全てを受け止められる気がしていた。

薄暗いアトリエで、真琴は楽しげに口元をほころばせていた。

おまるの中の排泄物を外に捨てて再び赤枝の下に置くと、真琴は上機嫌でアトリエを後にした。

赤枝を死なせたくないのは本心だった。しかし——。

展覧会が大成功に終わったことで、真琴の日常は華やいでいた。連日の取材に制作の時間もままならない。

アーティストのスタイルによるだろうが、真琴はぶつ切りの時間ではどうしても制作に集中できない。毎日まとまった時間を得ることでようやく頭を制作に集中させることができるタイプだった。

先日殴りつけた男のことは気になっていた。だが元々ニュースを見ない、新聞も読まない真琴だから事の結末は知らなかった。死んでいる可能性もあるだろう。死に限らず非日常は誰にも不意に訪れるのだから、その非日常が人の手によるかどうかも区別の必要はないと思っていた。真琴もそのうち誰かに殺される可能性はある。

不思議と赤枝のことは気にならなかった。それは真琴にとって、赤枝はまだ日常の側にいるからだった。まだ話したいことがたくさんある。この先に会話をする希望がある。だから赤枝のことを気に留める必要はなかった。

しかし忙しい日々は真琴の感覚を狂わせた。

制作の時間が取れず二週間が経った。それはつまり赤枝も丸二週間、何も与えられていないことを意味する。

ある日突然、真琴は赤枝のことを思い出した。

本気で赤枝のことが心配になり、急いでアトリエへ車を走らせた。

だが普段、人一倍慎重な運転を心がけていることもあり、スピードを上げてせわしなく運転することに慣れていなかった。

途中で事故りそうになり、窓から顔を出した相手のドライバーにこっぴどく怒鳴られた。

5

静かなアトリエに入るやいなや、真琴は作業机にもたれかかり、そのままくずおれた。床に膝をついたら冷たくて、現実を突きつけられた気がした。ニードルが机から転がり落ちカランと音を立て、絶望を際立たせた。ショックで頭を抱え、落胆のため息が漏れた。

首をがくりと前に倒し、赤枝は事切れていた。

頬には涙の跡が残り、だらりと垂れた舌は噛み千切ろうとした跡が残っていた。快活な笑顔ももうない。手首が変な風に曲がっている。必死で外そうとしたのだ。

そもそも真琴は赤枝の変化を見たいからこうして監禁しただけであって、所持品を奪って中を見たりはしていなかった。身動き取れない人の物を勝手に奪い取るのはいけないことだから、当然のことだった。

財布の中にはわずかな金銭とレシートなどが乱雑に入っていたが、その中に一枚の写真が入っていた。『ファイト』と手書きで誰かが書いた文字だった。家族か恋人だろうか、大事そうにしまってある。

真琴の考える『腐蝕させる』とはもちろん概念的な意味だが、実際に死体が腐る様を見たら、感じ方はどのように変わるか。

死体は死後三日も経てば腸内のバクテリアが分解を始め腐敗臭がし始め、十日後にはさらに悪臭が強まり身体の膨張も始まるはずだ。液化した組織が染み出したら室内からにおいを拭い取るのは難しくなる。

用心深い影塚のことだ、たとえ中には入ってこなくともすぐに気付かれてしまうだろう。

仕方なく死体を処分することにした。


死体は海に落とすことに決めて、T県の半島先にある山奥の崖《がけ》まで車を走らせた。

崖下の波が砕ける音だけが響く。真琴は赤枝の死体を抱きしめたまま暗く広い空を仰ぎ、息をのんだ。落ちてきそうな闇夜だった。

あたりは暗いから自分も足を滑《すべ》らせて転落しないか心配になる。

赤枝の死体は重くて閉口した。手足を縛って持ってくればよかったと後悔した。死体を抱えていると、Tシャツの上から乳首が刺激されて、股間がわずかに充血するのを感じる。

少し動かせば首はがくんと倒れるわ、手足は投げ出されそうに伸びるわで、妙に扱いにくかった。

学生時代に泥酔して倒れた仲間を運んだことがあるが、あのときとまったく感じ方が違う。それは対象が死んでいることを真琴が認識しているから、ただそれだけの違いな気がする。

検証しようもないが、命の火が消える直前の生体を運ぶのと、消えた直後の死体を運ぶのとでは何か違いがあるのだろうか。たぶん運ぶ側の認識以外には何も変わらないだろう。

つまり感じ方が変わるのはこちらの意識のみによる。周囲は勝手に腐蝕するものではなく、やはり誰もが主体的に周囲を腐蝕させていることになりはしないか。

他人を腐蝕させる。それは人間の本質とか世界の構造とかそんな大層なものではなく、単純な反応的行動にすぎない。呼吸や食、排泄を人間の本質とはみなさないのと一緒だ。だから腐食に動機を求めても納得のいく回答は得られない。時に非合理的、非道徳的でさえあるのだ。

欲望のままに身体を要求する影塚や美丘。

己を愛する男を格下として扱う椛嶋。

他にも真琴を腐蝕させてきた人間は枚挙に暇《いとま》がない。そして各々が相対的に浮き上がらせた景色は、各々にとって最良の銅版画なのだろう。

真琴にとって幸運だったのは、銅版画の存在だ。真琴に才能がなかったら今よりもっと思うがままに腐蝕されていたはずだ。腐蝕されてきた自分が銅版画に興味を持って、そこそこ才能を持っていたのは運命的だった。

荒れる波間に沈んでいく赤枝はすぐに見えなくなった。果ての見えない暗い海から吹く風が冷たく頬を撫でた。真琴は立ち尽くし、強く手を握りしめていた。

――なぜ僕は、赤枝が死んだら財布の中を見てもいいと判断したのだろう。

疑問に思うまでもなかった。死体になったからだ。

やはり人は人を腐蝕させて生きていて、自分もまた例外ではないのだと得心がいった。

思考を巡らせることは自身を特別視しがちだが、人は人を腐蝕させるというテーゼの前では真琴は他の人と一緒でいたかった。

そして同じ業界でのライバル的存在という殺害するに足る――いや殺害に及びうる打算、つまり動機が用意できたことも胸のもやつきを解消した。

ただ一点だけ引っかかっている。

赤枝にとって物語は終わり、真琴にとって物語は続いている。

その不公平さに、やはり赤枝は死んではいけないと思った。死なざるを得なかったなら、せめて行方は知られるべきだ。

海に飛び込もうとしたが、足がすくんで動けなかった。躊躇なく飛び込む勇気がなくてよかったし、それ以上にきちんと自責の念を抱く自分で何だか安心した。

殺すつもりはなかった。しかし絶対に殺さないつもりもなかった。このような『つもりはなかった』がもっとまかり通り、人の不幸が他人の故意とは無関係に起こる世界であってほしいだけだ。だから今回は結果として願いが叶っている。もし故意で物理的に赤枝を殺していたら、ここまで満足はできなかっただろう。

6

赤枝の死体を遺棄して数日後。

真琴は打ち合わせを終えてK町を歩いていた。最近お気に入りの白いオーバーサイズのシャツを着てきたら少し肌寒い。時刻は二十一時で、飲み帰りと思しき集団も多い。街灯の光を石畳がしっとりと反射し、路地に並ぶ居酒屋やカフェからは賑わいが漏れ出ている。このあたりは美大やギャラリーが多いため、割と業界人に会うことが多い。個性的な格好をした人が多いのは土地柄か。

スマホに連絡が来て、名前を見ると椛嶋だった。適当に話し相手が欲しかったようだ。初めに場所を訊くと、ちょうど今真琴がいる近所にいるらしい。

指定されたほうへ向かうと、反対側から椛嶋が歩いてきた。歩き方がいつもよりややだらしない。酔っているのだろう。パンプスを履いているので危なっかしい。ジャケットにスカート姿で、肩にかけた革のハンドバッグが少しずり落ちている。

「やっほー、早乙女くん。ちょっと飲んでいこうか」

「車で来ているので」

真琴は断りを入れた。椛嶋から連絡が来たのは、ちょうど駐車場へ向かって歩いているときだった。

「何だよつまんなーい。じゃあ何でいちいち会ってくれたの？」

「たまたま近くにいたら、そりゃあ会うでしょう」

椛嶋はそっと真琴にすり寄り、真琴を見つめた。

「それだけ？　私に会いたかったんじゃないの？」

「やめてください。椛嶋さんこそ何で酔っているんですか？」

「こっちも打ち合わせだよ。そうだ早乙女くん、じゃあドライブがてらで打ち合わせしよう」

椛嶋に背中を押され、否応《いやおう》なしに駐車場まで連れていかれ、発進させられた。

窓の外を流れる夜の街に包まれながら車内で始まったのは、もちろん打ち合わせではなくただのだべりだった。「早乙女くん、さすがに安全運転だなあ。いいことだけどね」と、助手席の椛嶋が上機嫌に微笑む。かすかにアルコールのにおいがしている。

二人とも美術界にいるので、話はややアカデミックになったりする。椛嶋がソクラテスについて話を切り出した。

「ソクラテスって不細工で有名だったんだよね」

「今の価値基準に照らすとどうだかわからないですけどね。一夫多妻制の下で二人の妻を迎えていますし。『ぜひ結婚すべきである。良い妻を得れば幸せになれる。悪い妻を得れば哲学者になれる』という言葉も残してます」

「ふーん、不細工でも有名な哲学者だと女ひっかけられるのかな。いっちょ前に言うじゃん……あっ、そういやさ」

椛嶋はなぜかしかめっ面をすると、真琴のほうを振り向いた。

「この間、キモいキーホルダーくれたやつぃたって言ったでしょ？　本当に連絡しつこいんだけど。サイトから登録外しちゃおうかな。あいつも髭ぼうぼうで肌が赤茶色で目がぎょろぎょろしていて。とにかく不細工なんだよね。本当にもう、何から何まで不細工中の不細工。もっとこう、早乙女くんみたいな紳士だったら良かったのに」

自分を紳士と見誤るようじゃ椛嶋も見る目がない。もっとも手当たり放題に持ち上げているだけかもしれないが。

椛嶋は延々と愚痴ると思いきや、「信号赤だよ。ちゃんと止まってね」といちいち余計なおせっかいをしてきたりもする。

そして信号で車が止まると、椛嶋は真琴のほうを向いて言った。

「ねえ早乙女くん、まだ私のこと好きなの？」

「それ聞きます？」

「いいじゃん。教えてよ」

「――好きですよ。抱けるなら抱きたいし」と、ぐいっと急に横を向いて伝えた。

あえてワンテンポ遅らせたうえに、そう答えておいた。小さく笑いながら鼻の下を伸ばし、おどけてみせる。

椛嶋はきゃははと大声を上げた。

「最悪なんだけど。私は早乙女くんはないな。あるわけないじゃん。ごめんだけどね。早乙女くんはお仕事の人だし」

そう言って椛嶋は目を伏せると、車外に目をやった。

面倒だったが会うことを決めたのは、椛嶋のこの顔が見たかったからだった。かつての恋心は本物だが、今はもうどこにもない。

真琴はただ、告白を断った相手を椛嶋はどう思っているのか、それを確認したかった。そして真琴を見下していてほしくて、その様を見たかった。

呼べば来ると考えている。まだ自分のことが好きなのか訊いてもいいと思っている。抱けるなら抱きたいが冗談で通じる。あるわけないと笑って答えられる。『ごめんだけど』と内心は何とも思っていないのに考えて出した結論のように見せかけて、そんな様子を見せつける自分が様になると考えている。ずっと椛嶋は真琴を腐蝕させているのだ。

だがそれでいい。赤枝を身勝手に殺害した真琴は、誰かが誰かを腐蝕させる——見下す様を見たかった。みんな同じだとわかるのなら、腐蝕させられるのが自分でも良かった。

とはいえ、まったくしゃくではないとは言い切れない。

真琴は行き先を告げずに車を走らせる。

車内が静かになった。今から自分はどう口説かれるのだろうと、椛嶋は考えているのかもしれない。真琴は自分への思いで頭がいっぱいで黙っているのだろうと。残念ながら真琴は、もっと野蛮なことを考えている。

やがて、外の風景を見ていた椛嶋の顔が変わる。

「ねえこれ？　ホテル街向かってない？」

軽蔑するように眉をひそめ、真琴のほうを振り向く。

「違いますよ」と適当にあしらい、「でもホテル街向かってるってよくわかりますね。おなじみの場所なんですね」と付け加える。

「何考えてんだよ。ふざけんなよ」

椛嶋は真琴の顔を思い切りビンタしようとして、急にやめて肩を何度も小突き始めた。

「運転中ですよ」

「知らねーよ。銅版画か何か知らないけど、お前なんか話になんねーよ。私、前は社長とかと付き合ってたんだから。芸能人の連絡先もたくさん知っているし。美術界のお偉いさんからもしょっちゅう連絡来るんだから」

「ホテル街行くなんて言ってないじゃないですか。隙あらばホテルに連れていかれる、自分にはそれぐらいの価値があると自身を評価しているんですね」

軽蔑してほしくて言葉を投げていく。椛嶋からしたら真琴はサイトの目玉アーティストの一人となる大事な取引先のはずだった。話が反故《ほご》になったら相当の痛手となるはずだ。

「ふざけんなよ」と、椛嶋は何度も真琴を小突き続ける。こっちが運転中であることは関係ないらしい。

「やめてくれません？」

椛嶋の手を摑むと、身体を椛嶋のほうにぐっと寄せた。そのまま顔を近付ける。

「やめろよ。気持ちわりーことするなよ」

「それは椛嶋さんのほうです。ホテル行くなんて言ってないでしょ」

「絵が上手くてちやほやされているからって、いい気になるなよ。私にかっこつけた態度とってビビってない？　全然かっこよくない。それに早乙女くん、唇が青ざめているよ。自分じゃわからないだろうけど」

椛嶋は反論を待つように言葉を止めた。しかし真琴は何も言わない。

「ひどいやつだと思えば？　別にいいし」と、椛嶋も発言を撤回する気はなさそうだった。段々腹が立ってくる。身勝手な人間を見たくて自分から仕掛けたのに、やはり対象が自分だと冷静ではいられない。思いどおりにならないことばかりで慣れているはずなのに、思いどおりにならなかった相手を前にして小さく舌打ちをした。

再度信号で車が止まった。「一人で帰るから。呼べば来る男なんていくらでもいるから」と、椛嶋はドアを開けて降りていった。ちょうど車の通りも少なく、歩いて駅に行くには一時間以上かかる場所だった。

しかし下車してスマホを手に取った椛嶋の顔が曇っている。

「どうしました？」

「……電池切れてる」

強がるための制限時間が短く、素直に答える椛嶋がかわいらしくも感じたし、この素直さに男は惹かれるのだと思う。

「乗ってください。さっきはすいませんでした」

態度を変えて丁寧に謝った。椛嶋は黙って乗った。

「じゃあホテル連れていきます」

椛嶋はまた文句を言いそうになっている。

「嘘ですよ」

笑ったらにらみつけられた。

外を高校生カップルが手をつないで歩いている。おとなしそうで地味な二人だった。

「いいなあ、ピュアで。私もああなれていたらなあ」

「本当ですか？　どう見てもさえない二人でしたよ」

椛嶋はわかりやすく黙り込む。内心は違うのに、ああなりたいと主張することが自分の印象を上げることを知っているのだ。

個性的な顔立ちだったというエピソードから、ソクラテスの話を広げて失敗したと思った。社長や芸能人など見せびらかせるための男は当然のこと、椛島にとって周囲の人間はあまねくソクラテスでなければいけないのだろう——だから真琴もその一人だった。

椛嶋を送った後で、真琴は車のハンドルに拳《こぶし》を打ち付けた。今日は失敗だった。

どうせ赤枝を殺したなら、もっと赤枝の死が自明であることを思い知りたかった。

椛嶋は人を見下しているが、どちらかというと自分を持ち上げている。真琴と同じように、もっと人が人を腐蝕させるところを見たかった。

誰でもいいから一秒でも早く抱きたくて、急遽呼んだ遊びの女もいまいちだった。痩せ細った若い女で、たまたま美大生だった。

無力感をちっぽけな暴力性で糊塗しようと、シャワーを浴びる余裕も与えずに襲ってみたのだが、どういうことか髪はくさい、乳首や性器はしょっぱいで散々だった。随分と忙しい中、来てくれたらしい。苛立ちからそのまま乱暴に身体を貪っても、わざとらしく声を上げてされるがままだし、おまけに事を終えた後、真琴のさらさらの髪を優しくかき上げて「つらいことでもあったのかな?」と、同情までされてしまった。

すっかり打ちのめされてしまった。

仕方なく、違う方法を試みることにした。

7

薄暗い街角には華やかなシルエットが連なっている。しかし弱々しい光の下で気怠そうに立つ女たちの足元に落ちる影は、なぜか夜の闇のように色濃く見えた。

S町の市役所脇道路には若い街娼がずらっと並んでいる。

真琴はその中の地味そうな一人に、「何円?」と声をかけていた。タートルネックにミニスカート姿の小太りの女だった。下ろした前髪が目を隠している。

「ホ別で三万」と女は答えた。

このあたりの相場は二万前後と聞いている。金を持っているように見えたのか、態度か何かが気に入らなかったのか、多めに提示された。真琴が手にした財布がブランドものであることに気付いたのかもしれない。

そのまま応じようとしたら意外そうな顔をされた。値切ろうとしてくる客が多いのだろう。

「何なら四万にしようか」

気前よくそう伝えると、女は驚いて真琴に目を向けた。もちろん本当に払うつもりだった。

だがそこに、「ねーちょっと」と横で立っていた別の女が声をかけてきた。こっちのほうが客を集められそうで、ツインテールにリボンを付け、フリルシャツに黒っぽいミニスカートを穿《は》いていた。コンカフェやガールズバーにいそうなルックスである。

「四万ならうちにしなよ。こんなブスより私のほうが絶対かわいいだろ」

かわいらしい見た目だが性格はきついらしい。暴言を吐かれた小太りの女は脅えた様子で目をそらした。

美醜でいうならそうなのだが、今日の真琴の目的は、いやいや男を待っている女性だった。今声をかけてきたほうは、割り切っている様子で客を待っていたので声をかけなかったのだ。

しかしこうして声をかけてきた人間性に、真琴は興味を惹かれた。

「じゃあお願いしようかな」

初めに声をかけたほうが落胆した表情を見せる。

真琴は「ごめんね。また今度」と肩に手を置いて慰めた。

リボンの女は「あんた、首短くて太いくせに、いつもタートルネック着るなよ。似合わねーんだよ」と勝ち誇った表情で小太りの女を見下していた。

小太りの女の顔を見て何となくわかっていた。おそらくタートルネックは肌荒れがひどくそれを隠すためだろう。いつもだというなら、尋常性乾癬《かんせん》などだろうか。肌がぼろぼろ落ちてきて黒い服を着るとすぐ目立ってしまう。

身体的な事情で服装が制限されるという、当事者からしたら深刻な事情があっても、それを知らない他人からしたら、自分にあった服もわからないただのセンスない女となるのだった。

「本当に四万でいいんだろ？　早く行こうよ」

女は一人でかつかつとヒールの音を立てて歩き出した。

その背中を見て、これから起こる出来事を想像してほくそ笑んだ。


ホテルの部屋は、女の服装に合ったメルヘンチックな内装だった。おそらく部屋のそこかしこがピンク系統でコーディネートされている。

部屋に入るなり、「先にお金ちょうだい」と手を差し出された。約束なので四万渡すと、女はなぜか部屋を出ようとする。

「フロントに預けてくるんだよ。前一回受け取ったお金、無理矢理バッグから奪われて逃げられたことあるからさ」

「何も言わなかったらそのまま逃げるんだろ」

真琴の指摘に、女はちっと舌打ちをした。そして観念したようだった。

「ほら、わかったから早くしよう。シャワー浴びてきてよ」

真琴は「諦めがいいなあ」と微笑んだ。

「君、性格悪いね。性格が悪いということは理想の追求に貪欲《どんよく》だということだから、素晴らしい心がけだよ。ところでシャワーなしでこのままやるのは駄目なのか？」

女は「たまにいるんだよ。そういうやベーやつ」とため息をつく。

「いいから浴びてこい。早くやりてーんだろ。たくさん客取りたいんだよ」

真琴は微笑を浮かべながら、やれやれとため息をつく。

「その前に訊きたいんだけど。君さ、やっぱ客のこと軽蔑してる？」

さりげない、何てことはない様子で訊いたが、真琴には大切な質問だった。

「当たり前だろ。金払わないとやれない負け組じゃん」

「自分が軽蔑されるとは思わないの？　負け組のチンコ咥えてる情けない女だって」

「どうだっていい。金さえ手に入れば」

「負け組のみんなもどうだっていいと思っているかもね」

だらだら話されて苛立ったのか、女は「何が言いたいんだよ」と吐き捨てるように言った。

「こんなところに来てるならあんたも負け組だよ。早くやることやって解散しようって」

「たくましいね。実は話があって――」

バッグから札を取り出した。ちょうど十万円、ベッドの上に放り投げる。

「何だよこれ？」と、女は食い入るように十万円を見つめる。

「実はさ、今日相手してほしいのは僕じゃないんだ。僕の友達があまり女抱いたことなくてさ、経験を積ませてやろうと思って。協力してくれないかな？　それが謝礼だよ」

「それで十万？　馬鹿じゃねーの」

「僕は友達には優しいんだ。それでどうするの？　十万円で友達呼んでいい？」

「相手は誰だっていいよ」と、かすかに女の顔に笑みが浮かんでいた。

「君こそ意外に優しいじゃん。じゃあ呼ぶね。恥ずかしがり屋で路上にいる女の子に声をかけられないんだ」

真琴はスマホを手に取った。


すぐに真琴の『友達』はやってきた。

「で、相手してほしいのはこの人なんだけど」と、真琴が紹介した相手を見て、女が絶句したのがわかった。やってきたのは、力士のような巨体で、饐えたにおいを発した男だった。脂ぎった長い髪が顔に張り付いている。室内が酸っぱいにおいで満たされていく。妙に顔は黒ずんでおり、女を目にすると呼吸が荒くなり、ずっとスーハー音が鳴っている。

「本当にやっていいんだな」と、男は真琴にぎょろりと目を向ける。真琴がにこやかにうなずくと、「やった」と、急に男は女に抱きついた。

「待てよ」と女は声を上げる。「何だよこいつ気持ち悪い」と、急に焦った表情を見せる。

女は抵抗するが巨大な男は意に介さず、無理矢理ベッドに押し倒す。そして太いズボンを下ろすと、トランクスはすでに盛り上がっていた。

「やめろ、やめろ」とあまりに女が叫ぶので、真琴も「無理矢理は駄目だよ」と、いったん男を止めた。レイプしては今日の真琴の目的は叶えられない。そして女に問いかける。

「じゃあさ君、いくらならこいつを相手できるの?」

男は女に頬ずりをしている。顔の大きさが二倍くらい違う。女は肩をすくめ、「離れろよ」と暴《あば》れている。

「こんなキモいやつ、いくらもらったって無理だよ」

女はのしかかる男から転げるように抜け出した。汗まみれの身体に触ったのが嫌だったのか、シーツで手を何度も拭っている。

「そっか。男のレベルで金額は変わるか。まあ当たり前だよね」

「絶対嫌だね。こんな男」

「さっき君、お客さんを軽蔑しているって言ったよね。その中でもさらにランクがあって、下のほうだとお金もらっても相手にしたくないんだね」

「別にいいだろ、断ったって。キモすぎるよ」

面と向かってキモいと言えるその無神経さが、今日の相手としては望ましい。

「じゃあさ、これでもか」

もう一度札束《さつたば》をベッドに放り投げた。今度は百万円あった。女は「どういうことだよ」と、ゴクリと唾を呑《の》む。

「僕はこの友達に気持ちよくなってもらいたいんだ。だから君にも協力してほしい。協力してくれたご褒美に百万円上げるよ。これでどう？　相手してくれる？」

男は興奮しながら女を見ている。

「お前、本当に何がしたいんだよ……。犯罪になんか巻き込まれたくない」

「散々見ず知らずの男の相手をしてきて今さら？　でも安心してよ。友達にいい思いさせてあげたいだけだって。ねえどうする？　駄目なら別の人に頼んでみるよ。さっきいた、君よりかわいくない女の子にお願いしようかな」

真琴はひょいと百万円を取り上げ、札束で女の頬をぺしぺしと叩いた。

「お小遣い欲しいんだろ？　好きなもの買いたくてこのお仕事してるんだろ？」

青ざめた表情で女は男に目を向けた。「早くしようよ」と男は興奮が抑えきれないらしい。

微笑を浮かべて、真琴は女を見下ろす。

「どうする？」

女は大きく息を吸うと、真琴にもう一度確認する。

「本当にくれるんだな。奪って逃げたりしないな？　殺したりしないな？」

「絶対にしない。何だよ殺すって。殺人犯に遭遇なんてありえないだろ」

真琴は目を細めて、女に笑みを向けた。

「わかった、じゃあやる」

案外あっさりうなずく女に、真琴は顔をパッと明るくさせて男のほうを振り向く。

「交渉成立だな。いいってよ」

男はうれしそうに全裸になった。巨大な肉の塊に黒く屹立《きつりつ》したペニスが、大木の根元に生《は》えたキノコのように伸びている。

充血した巨根は、男が女の衣服を剝ぐ勢いでぶんぶんと上下に動いている。

やがて女は一糸まとわぬ姿にされ、男はうれしそうにその身体を貪り始めた。

豚みたいな身体で腰を振る男を見ないように必死にこらえながら、足を広げている女の様子を、真琴はベッド横の椅子に座りながらジッと眺めている。

だがやがて、その光景に堪えきれないようにげらげらと笑い声をあげた。子どものような甲高さで純粋無垢な音色を帯びつつも、どこか不気味な冷たさを纏った声だった。

「おいおい、金をもらっても相手したくないはずだったのに、金額増やしたらあっという間に翻《ひるがえ》したじゃん。偉そうな金額提示は何だったんだよ。あっさり股開くって何なんだよ」

女は苦しそうに横を向いている。男が両手でその顔をつかんでぐいっと正面に向かせる。そして焼いた牛タンみたいな灰色の舌を口にねじこんでいる。

女の目から涙が流れていた。男はそれに興奮したのか、今度はその舌でべろべろその涙を拭っている。

「何で泣くの？　こんなお仕事しているのに、客にはまともであってほしいの？　客を心底軽蔑することが平静を保つ手段だったんじゃないの？　駄目だよ、君は周囲を腐蝕させることでお金をもらってきた。だったらその腐った周囲に、一筋の希望も持っちゃ駄目なんだよ。その代わりお仕事が終われば百万円だよ。欲しいもの何でも買えるよ」

真琴は手でメガホンを作ると、「がんばれーがんばれー」とエールを送った。

その言葉が届いているのかいないのか、女は虚《うつ》ろな目で男を受け入れ続けていた。

真琴は人が人を腐蝕させる様を見たい。だが腐蝕させるに至る個々人の境界線が絶対的ではなく、流動的に変わる様も同時に見たかった。

真琴自身の思考は、実は他人とそう変わらない。全てはそれを確認するためだった。そうすれば、赤枝の死という結果を招いた自分は特別ではないことになる。誰もが他人を腐蝕させて生きているという世間の大前提を、認識してくれる人が一人でも多くなることを願っていた。

声が出ないよう口をつぐむ女に対し、男は自転車の空気入れみたいなかわいい声を漏らしていた。そんな二人を見て笑いが止まらない。口に手を当てて必死にこらえる。

最後に男は興奮のあまり、ゴムも付けないまま女の膣《ちつ》内に射精した。

女は「最悪」と小さくつぶやいた。

事が終わった後、真琴はもちろん約束どおりの百万円を渡そうとしたが――。

「中に出すのはよくないよね。ちょっと多めに払っておくよ」

と、予定どおりの百万円に加えて、千円札を一枚おまけで付けた。

「大変なお仕事だから、身体には気を付けてよね」と優しい言葉をかけたのに、なぜか女はにらみつけてきた。

「何でそんな目をするんだよ。断ることはできたのに、選んだのは君だろ」

女の顔は変わらず、にらみつけるままだった。想像どおりの反応で、真琴は嬉しさから笑いが止まらなかった。


ネオンが瞬く路上、賑わう繁華街の灯りが、享楽の余韻に浸る顔を照らしていた。男はまだ熱の残る肌を撫でると煙草を咥え、満ち足りた表情をしていた。

「はー、最高だった。神様みたいな人もいるんだな」

真琴からお金を受け取った巨漢はひゃひゃひゃと微笑んだ。乱杭歯はところどころ欠けている。真琴は気前よく、男のほうにも少しだけ謝礼を渡していた。

もちろん真琴の友人でも何でもなく、児見山が連れてきた男だった。初めは躊躇されるが、高値を出せば最終的には抱かせてくれる。それぐらいの塩梅《あんばい》の男を探していたのだが、いざ会ってみたらいくら何でも不気味すぎたので心配だった。結果うまくいって安心した。

「でもあんた、何でこんなことさせてくれるんだ？」

「ボランティアみたいなものです――僕があげたお金で何するんですか」

「最近パチンコ負けているから、そろそろ勝つ気がしてたんだ。そこに全額注《つ》ぎ込《こ》んでみようかな」

「ギャンブルしないのでわからないのですが、負け続けていると勝つものなのですか？」

「えっ、そりゃそうだよ」と、男は目を丸くして真琴の質問に反応した。ギャンブラーの誤謬というやつだろう。理屈は不明だがこうも意外そうな顔をされると、真琴が何も知らずに損をしているように思える。

だがそう言い切る男に、真琴は気持ちの良さを感じた。

微笑を浮かべ、「健闘を祈りますよ」とだけ伝えた。心の底から祈っていた。

第三章

1

「早乙女さん。ちょっといいですか。セゾン・ド・ミューズの美丘さんですが……」

知り合いの展覧会の帰り、マセラティが信号で止まったタイミングで、運転席の間宮がふと話し始めた。まるで交差点が赤信号で止まることを期待していたかのように、唐突な切り出し方だった。今日は影塚は体調が悪いらしく、家で静養している。

普段は影塚がいる手前、あまり車内で間宮と話さないのだが、今日のように二人きりだと言葉を交《か》わしていた。

「美丘さん？　あの人がどうかしました？」

「こんな動画が流出しまして」

間宮がスマートフォンで差し出した動画を見て、真琴は絶句した。

それはベッドを上から写した光景だった。天井から撮影しているのだろうか。ベッドの上には美丘が全裸で横たわっている。弛《たる》んだ乳と腹に手足は、真琴に見せたときと変わらない。

そんな美岡の身体に、鍛《きた》え上《あ》げた男性が何人も群がっている。

あちこち舐めて、撫でて、手を這わせている。

大股《おおまた》で開いた足の付け根にも、男が一人顔を埋めている。

美丘はとろんとした目で、恍惚の表情を浮かべている。

何人もの男が献身的に美丘を愛撫している光景は、韓国《かんこく》で売っているイカの足の躍り食いのようだった。

ベッドには薔薇《ばら》の花が散らされていた。

滑稽な舞台装置に安直な演出。美丘は役者を気取っていた。

不思議なことに盗撮といった雰囲気がない。金にものを言わせて男を捕まえたのだろう。

「自分で撮影したそうです」と間宮は付け加えた。

異常な世界観の主人公として男に身体を触られること、その世界観を演出した達成感。撮影されたことによる客体化。そしてそんな風に、あらゆる役割を自分が担ったという自負。それら全てを快楽という感覚に奉仕させるという、おぞましいまでの独善性。

その奇妙な映像にはそれらが全て詰まっていた。美丘のキュレーターとしての才能もさもありなんと言ったところだ。

美丘は菩薩《ぼさつ》のようなアルカイックスマイル——と本人は思っているのかもしれないが、客観的にはいい夢を見ている豚にしか見えない——を浮かべ、男たち一人一人の頭を優しく撫でていた。セルライトだらけの太ももに、男の指が沈み込んでいる。

信号が青に変わり、車は再び走り始める。

「美丘さんはこの動画をあるクラウドサービスに保存していたらしいのですが、そこのサーバーがアタックされてこの動画も流出したそうです。それで美丘さんはメディアに多数顔を出していたので、どこの誰だかすぐに特定されてしまった次第です。さらに都合の悪いことに、動画に出ていた男の中の一人が芸大生だそうでして。つまり美丘さんはアーティストにも手を出していたのではと、もっぱらの噂です」

間宮が何を言いたいかはすぐにわかった。

「それで僕も？　みなさん、想像力が豊かですね」

真琴が美丘を利用することはあっても、その逆は絶対にあり得なかった。美丘も真琴を相手にするつもりはなかっただろう。

世間が本当に真琴を疑っているなら馬鹿馬鹿しい。思わず笑みがこぼれた。

だが若干声に、憤りがこもってしまった。

美丘の痴態を盗撮した側としては、まさか盗撮されたほうがもっとインパクトのある動画を世間に提供するとは思わなかった。苦労して撮ったこっちの動画がすっかり役立たずになってしまった。

「しかしどこかの馬鹿がこんな絵を」

間宮は運転しながら、助手席の真琴にスマートフォンを見せてきた。それを見て、今度は唖然《あぜん》とした。

アニメタッチの絵だが、でっぷりとした美丘が、まるで赤ん坊のようにデフォルメされた真琴を抱きかかえている。真琴が美丘の乳を吸っている、授乳の様子を描いた絵だった。タッチからするとＡＩで描かれたようだ。メゾン・ド・ミューズで直近開催されていたのは真琴の展覧会だったので、憶測の対象となるのもやむをえない。

ＡＩによる絵画の是非には興味なく、自分が銅版画を制作する立場である以上、そこで感情を尽くすだけだった。ただこうして誰もが絵を形にすることができる現状は、間接的に人を腐蝕させることが容易になったわけで、ますます真琴の願う世界がわかりやすくなっているように感じる。

真琴のように、活躍が人口への膾炙《かいしゃ》に直結する仕事をしていると、謂れのない反感や非難を受けたりすることもあるが、こんな風に絵を用いてからかわれるのは初めてだった。

「ＳＮＳ各社に削除依頼かけますか？」

間宮の問いかけに、首を横に振った。

「別にいいですよ、これぐらい。一度出たら根絶やしは厳しいですし」

銅版画はある程度の修整は可能なのに、世間は修整が許されない。一度刻まれた傷は修復できないから、うまく隠すかカモフラージュするしかない。

「美丘さんとは距離置いたほうがいいかもしれません。変な噂立てられたら困ります」

ここで間宮に言われなくても、影塚に同じことを言われていただろう。

「わかりましたよ。展覧会が終わった後の流出だったのは不幸中の幸いでした。しかし面白いこと考えるな、この絵」

真琴は優しく微笑んだ。赤ん坊のように見えるのだろうか。

間宮が訝《いぶか》しげな目線を真琴に向けるのがわかった。

真琴は間宮にグッと顔を近付ける。

「さっきの質問、ちゃんと答えてませんでしたね。僕も美丘さんの毒牙《どくが》にかかったか気になりますか？　残念ながら僕はかかってませんよ——残念ですよね？」

「そんなことありません」と間宮は困惑している。

執拗《しつよう》に間宮に訊いたのは、無意味な強がりではない。ただ毒牙にかけたのはこっちのほうだということくだらないプライドがあった。

「本当かなー。面白くないですか？　ギャラリー経営者と若手アーティストの身体の関係って。みーんなゴシップって好きじゃないですか。港沢《みなとざわ》ガルンでしたっけ？　どんなにかっこつけたって、誰の心にもガルンはいますよ」

港沢ガルンは世間のニュース、それも割と下世話な三面記事を面白おかしくSNSで流すことで人気を博しているインフルエンサーだった。類《たぐ》いまれなる情報発信力を評価する向きもある反面、倫理的観点から批判の対象となることも多く、常に賛否両論にさらされている。しかしガルンがただのインフルエンサーではなく、人気のあるインフルエンサーであることが、全ての答えとなるだろう。

「本当は間宮さんもいろいろ知ってるんでしょうね。僕が影塚さんに掘られてることの何倍もえぐいやつ――そういえば間宮さんは影塚さんから身体を求められたりしないんですか？　僕みたいに痩せ細った身体より、間宮さんみたいに筋肉あってがっしりしている方がよさそうなのに」

間宮は黙ったまま返事をしない。

尋ねてはみたものの、真琴には何となくわかっていた。影塚は真琴の銅版画の才能に惹かれており、側近である間宮にそういった欲望は抱かないのだろう。

間宮から何の返答もなかったのに、真琴は「そうですよね。ったく、あのじじいはロマンチストだなあ」と、ここにいない影塚を腐した。

「ま、何でもそんなものですよね。外ではいい面してるやつが家ではＤＶ野郎だったり、消費者にとってはありがたい会社も入社したらブラック企業とか、よくある話ですもんね」

真琴は微笑を浮かべて、窓の外の夜空を見上げた。

「この宇宙船地球号がブラックな環境なんですよ」

運転速度がわずかに上がった。間宮は返事に窮しているようだ。答えにくいだけなのか、内心を悟られたくないのかはわからない。

「でもすごいですよね、こんな絵が簡単に描けるんですよ。何ヵ月も集中して銅版画に取り組む意味ってあると思いますか？」

「人の手には敵《かな》わないんじゃないですかね」

芸術に疎《うと》い間宮は、困惑しながらそう返答した。

「僕も門外漢だからよく知らないですけど、この調子ならいずれＡＩで、その人の手も再現できるようになりますよ」

「んー。でもその人のこう、バックグラウンドも含めての絵なのでは」

間宮は言葉を選ぶように言った。真琴は「なるほど」とうなずく。

「では初見の人の絵に感動はしないってことですか？　そもそもＡＩ絵を忌避するのは何でですかね？　やはりバックグラウンドがないからですか？」

「私はそうだと思います。非人為的である時点で、拒絶してしまうのではないでしょうか」

「じゃあなぜ富士山《ふじさん》とか自然の光景に人は感動するのでしょうか。それは――」

真琴も言葉が続きそうで続かなかった。

そして外を見た。ビルも人も店も、人が作ったものばかり目に付く。

今度は真琴のほうが、探るように言葉をつぶやく。

「たぶん、自然を観賞しているときも、同じようにバックグラウンドを感じているんですよ。巨大な富士山の成り立ちや過ごしてきた時間、それを眺めてきた無数の人々とかをね。やはり美術品の良し悪しはバックグラウンドで決まりますか。そうですか……。人を感動させるものって、何かしらの拡《ひろ》がりを感じさせるのかもしれません」

再び外を見たら、ホームレスが一人とぼとぼと歩いていて、その後ろから小汚い子犬が付いてきている。ホームレスは困ったように、でも嬉しそうに子犬を撫でる。子犬はしっぽを振る。

真琴はくすりと微笑んだ。その様が窓に反射して映っている。

「人って誰かのことを馬鹿にしなきゃ生きていけないくせに、結局みんな人の可能性を信じたいんでしょうね。いっちょ前に何のプライドでしょう」

「早乙女さんは違うのですか」

間宮の質問に、真琴は「そうだな……」と、顎《あご》に手を当てて考える。

シンプルな疑問を追っていったら、ＡＩに取って代わられたくない願望が見えてきた。

「僕も信じたいです」と微笑んだ。「情けないなあ」と自嘲気味に頭を抱える。

丸裸にされたような気恥ずかしさがあった。その腹いせのように、間宮にクイズを出した。

「でもどんなにＡＩが発達して、どんなに人間に近付いたとしても、絶対に人間の代わりにはなれない役割があるんですよ。わかりますか？」

「何でしょうか」と、間宮はハンドルを握りながら首をかしげる。

真琴は目を細めて口元を歪めながら「それはですね……」と、間宮に答えを告げた。

「それは、見下されたりいじめられたり、悪意を向けられる役割です。ＡＩにひどい悪口を言って溜飲を下げられる純粋な人なんて存在しませんよ。まだまだ人間の可能性は無限大です。頼もしいですね」

車内に静かに月明かりが射し込む。真琴は楽しげに顔を上げ、弾けるような笑い声を響かせた。子どもが新しい遊びを見つけたのような無邪気さに満ちつつ、空気を鋭く切り裂くような冷たさを孕んだ笑い声だった。

間宮はそんな真琴に戸惑いを隠せず、逃げ場を求めるように視線を前方に向けて運転に集中していた。月光と真琴の笑い声だけが、車中を支配していた。

しばらくして美丘の悪行を告発する文書が週刊誌に載った。

告発したのはある美大生だそうだが、あの動画に出ていた学生と同一人物かどうかはわからない。

また芸能界などとは違い誰もが興味のある世界でもないため、そこまで大きな話題にはならないようだった。

2

薄く白い胸板に付いた、真琴の小さな乳首を吸いながら、影塚は美丘の流出動画について聞いていた。そして「馬鹿なことをする」と軽蔑するように吐き捨てた。

「今あなたが僕にしていることは馬鹿なことではないんですか?」

以前より軽口になっている。赤枝を殺したことが影響していた。

赤枝の死が、間違いなく真琴のあらゆるものに対する心理的障壁を押し下げていた。

自分ではそのつもりはないが、大抵の人間ができないことを自分はできたのだと、無意味な優越感を抱いているのだろうか。たかが殺人で思い上がれるほど愚かな人間ではないし、赤枝の死はたいして特別な出来事ではないはずだったが——。

しかし愚かな人間は犯罪で愚かさを助長する。真琴もその一人だったようだ。残念なような安心したような、どっちにしろ殺人の結果としてはあまりにも呑気な感覚だった。

「影塚さんは僕以外にも何人抱いてきたのです？」

影塚が返事をしないので、真琴は続ける。

「もし僕が影塚さんとの関係を手記にまとめて世間に流したら、影塚さんは傷付きますか？　人を傷つけてはいけないのに、そんなことをしたら、僕は悪い人になりますか？今って人からからかわれたりすることに対する耐性が昔より弱くなり、だから人をからかうのも駄目らしいです。そこだけ聞くと何やら素晴らしい世界が訪れたように思えますが、嘘ですよね」

影塚は身体をずらして、真琴のペニスをしゃぶり始めた。

いつもより執拗で丁寧に感じた。まるでたしなめるような意図を感じたが、真琴は無視して続けた。

「AIやアルゴリズムで人間の判断がなくても最速で最適解が導かれ、その結果最適を導くために必要だった各要素——客体の存在が不要となりました。SNSだってそうです。ツイッターの『つぶやき』という表現が象徴するように、つぶやく行為は主体のみで成立し、客体は極限まで軽視されます。我々がなじみのあるアートの世界でもそうでしょう。NFTは金銭的価値を重視させ、制作者という客体の存在を希薄化させています。もはや誰もゴドーを待っていません。主体が、つまり自分がどう気持ちよく動けるかが大事な時代です。誰かを待つだけの時間は無駄でしかないです。だからゴドーのことは待ちません、忘れるのです。やってきたときにしぶしぶ思い出すのです」

まるで真琴の話から耳をそらすように。今度は思い切り吸おうとするが、年のせいか吸引力が弱い。頬をへこませている影塚の表情は、あまりにも見苦しい。

「結局安全圏で人を腐しているだけです。自分だけは傷付きたくないという傲慢さが許されているのです。ハラスメントの種類が山のように増えているのもその一端でしょう。ホワハラやらフキハラやらオカハラやら、わけわかりませんよ」

熱心に影塚は真琴のペニスをいじっていて、話を聞いているかどうかわからない。

「まあ僕にハラスメントし放題の影塚さんに言ってもしょうがないですね。何かとハラスメントを主張することをハラスメントハラスメント、通称ハラハラというそうなので、よかったらハラハラで僕を糾弾してください」

大きく股を開いて長広舌をふるう真琴も、影塚同様にみっともない様だった。

「いじめるといじめられるという主動受動が対比関係になっていないから、自分がいじめられることは拒否しても、人のことは無条件にいじめてもいいんです。申し訳程度にいじめを正当化する条件を欲しがるのは滑稽ですが、たぶん自分への免罪符となるからでしょうね。私はこういう理由があるからいじめても問題ないんですよと、遠慮なく客体を軽視できる。そんな時代ですから、美丘さんみたいにベクトルを全て内向きにするのは有効な手段ですよ」

そして真琴もその例にあたる一人だった。最も暴力的に客体を腐蝕させる――傷害事件や殺人事件の被害者とすることで、世界の解像度を上げている。心温まるエピソードが巷《ちまた》に溢れているのであれば、その逆もまたあるわけで、その逆のほうに関《かか》わってきた真琴は、世界もかくあるべしと信じて疑わない。だから見知らぬ相手を石で殴れたし、赤枝のことも監禁できた。

腐蝕される客体となることで世界を知ったのに、世界がこうだから犯罪をするのも当然なのだと、因果《いんが》を逆にして解釈している。

――不思議ではなかった。銅を腐蝕させて溝を生じさせ、そこにインクを詰め銅版画を刷り上げる。溝という原因が、銅版画の鑑賞者にはインクの線という結果になっているのだ。銅版と完成品では左右が反転しているというのも、因果の逆転を思わせる。

互いに自在に腐蝕させるのが世の習いなら、各々が利己的な全能感を持つべきであり、因果の逆転も成立すべきだった。

「それでどうなんですか、影塚さん」

思考に囚われ、影塚の返事がないことにしばらく気付かなかった。

影塚は再び真琴に抱きついていた。黒ずんだ皺だらけの老体に絡め取られた真琴の身体は、まるで巨大なへその緒が巻き付いた胎児だった。そんな連想をしたことや影塚から返答がないことが、真琴にやるせないため息をつかせる。

ごまかすように影塚は、真琴の薄い胸にちょこんと出た乳首を吸った。都合の悪いことを指摘された男が女の乳首に吸い付いて口封じをする、昔のポルノ映画みたいな真似だった。

「このおしゃべりものが……空疎な長広舌をつらつらと振るえて満足か？　誰に聞かせる気もない割には、誰かに聞いてほしくてしょうがない顔をしているぞ」

影塚は舌をすぼめて、真琴の尿道入り口に舌先を押し付けていた。

3

「どうも、早乙女先生」

真琴の自宅前に高級車が停まっていた。艶やかなボディが陽光を反射し、まるでこちらを監視するように沈黙を保っている。通行人もどこか不穏な雰囲気を感じているのか、距離を空けてじろじろと車を眺めながら通っていった。

嫌な予感がして近付いてみると、にやついた笑みで顔を出してきたのは児見山だった。長い髪を後ろで束《たば》ねて、無精髭《ぶしょうひげ》をはやしている。彫りの深い端正な顔立ちだがどこか涼しげな様相もあり、どんな景色にも溶け込めそうな雰囲気をしている。金だか銀だかわからないが、右耳のピアスと開襟シャツから覗くネックレスが下品に光る。

「どうでしたか、この間の展覧会のときのチンピラっぷりは」

「上出来です。ありがとうございました——児見山さん、日に焼けましたね」

以前会ったときに比べて、肌がこんがりと黒くなっている。

「沖縄で思い切り焼きました。それはそうと報酬、弾んでくださいよ」

拝むように児見山は両手を合わせた。

「考えておきます」と伝えると、「言いましたね。頼みますよ」と、児見山はげらげら笑った。

「随分高そうなのしてますね。沖縄といいネックレスといい羽振りがいいですね」

「いいでしょ」とネックレスを指でパチンと弾く。

「ナンパした女、何人かホスト漬けにして風俗に沈めました。その仲介料金で儲《もう》けたので。最近簡単に沈むんですよ。ホストなんかに入れ込んで、みんな寂《さび》しいんですね。寂しいよー寂しいよーってね」

下卑た笑いを浮かべながら、児見山は両手を目の下にやって泣くジェスチャーをした。何が面白いのかわからないが、真琴も釣られて笑ってしまう。

児見山は元々影塚に取り入っていたルポライターで、金のためなら手段を問わない何でも屋だった。影塚や真琴が大っぴらにできない仕事を頼んでいる。S町の路上で捕まえた女に不潔な男をあてがったのも児見山だし、真琴のヒーロー感を演出するため展覧会の日に場内で騒がせてたのも、児見山とその仲間だった。

詳しくは聞いていないが、かなり前から影塚との関係は続いていたらしい。かつて真琴をいじめた相手を暴行して寝たきりにさせたのも、こいつかもしれない。

「それで何の用です。急に来て」

自分がいたって普通の人間性だと理解しているから、児見山と顔を突き合わせた途端、瞬時に警戒した。赤枝のことだろうか。

赤枝のことは影塚にも言っていないが、影塚と児見山が察していても驚きはしない。心のどこかでそれを覚悟している自分もいる。

「実は早乙女さんにたってのお願いがありまして」

そう言って児見山は、真琴の狭い肩に手を置いた。ろくでもないお願いであることは間違いなかった。

「最近ですね、ある地方の企業を潰したんですけど、その会社のシャッターにすごく綺麗な絵が描かれていたんです。それでですね、もちろん潰す前に付け入るために会社の人たちとは仲良くなるんですけど、その絵を描いたという社員の人とも話したわけです。そうしましたらびっくりしました。かつてプロ画家を目指していたことがあり、影塚さんのお世話にもなっていたと」

表情を大げさに話すのが鬱陶しい。

「早乙女さんがすごいだけで大多数の人は夢破れるような世界であることは俺も何となくわかっているので、厳しい世界ですよねって一応声をかけたらですね、その人、何か言いたげなんですよ。だから俺、聞いてみたんです、何か大変だったんですかって。話を聞いてあげることで仲は深まりますからね」

今目の前にいる児見山の顔は胡散臭《うさんくさ》さに満ちた悪党そのものだが、悪党は擬態がうまい。それで裏の仕事をこなしてきたし、あらゆる種類の女も抱いてきているはずだった。

「別に何があったかどうでもいいんですけど、その人が大変だったとしか言わないんです。それで俺もがんばってみようと、数々の騙《だま》してきた実績に腕が鳴りましてね。ようやく聞けましたよ」

児見山はここで話を止めた。

「その人、影塚さんに身体を求められて、それを断ったそうなんですよ。そうしたら相手にされなくなり、最後には何度も罵倒されて、界隈にも悪い噂を流されて、結局居場所がなくなって画家は諦めたみたいです。あまりにかわいそうで、俺も心の底から励《はげ》ましてきましたよ。ちなみにこれがほら、写真です」

確かに中小企業のシャッターには不釣り合いな美しい風景画が描かれていた。夕日の沈む海岸の絵だが、ジグザグのシャッター面に描かれているのがもったいないぐらい、丁寧に描かれていた。

「すごいでしょー。まあ会社潰しちゃったんで取り壊しますけど。もったいないですね。地元の行政とヤクザが繋がっているそうなんですけど、この企業が下手に業績いいだけに目障《めざわ》りだったそうです。会社閉める日に車で前通ったんですけど、社長がしみじみ建物を眺めていてね。泣いていたのかもしれません。第二の人生、がんばってほしいですね」

人ごとのようにつぶやいている。

なぜか他人を基点とすると、漠然と抱く『人ごと』の範囲を広く設定してしまう。自分に無関係だから当然で、おそらく誰でもそうだろう。だから互いに責める筋合いも責められる筋合いもない。

「ここまで言えば、俺が何を言いたいかわかるでしょう。影塚さんは今もそういったことをしているのか、早乙女さんなら知っているかと思い」

「その男性、よく影塚さんの名前を出しましたね。そんな目に遭ったなら、思い出すのも、名前を出すのも嫌がりそうですが」

「ちゃんと絵の勉強をした人の描き方かと思ったので、こっちから影塚さんの名前を出したんですよ。そうしたらあっさり教えてくれました。かわいそうなことにその人、今でも絵を描くと、どうしても影塚さんから教えられたことを意識してしまうそうです」

軽蔑する相手の影響を受けるとはどういう感覚なのだろう。腐蝕していく周囲と一緒に自分も溶けていく感覚なのだろうか。それともなけなしの自尊心で自分だけは腐っていないと孤独に挑み続けることなのか。

児見山と見つめ合った。冷たい視線同士がぶつかり合う。

昨日の夕飯の献立《こんだて》でも訊くように、あっけらかんと尋ねてくる。

「教えてくださいよ。何なら、いや、さすがにそんなことはないか、でも……。まさかとは思いますが——早乙女さんも?」

児見山は大きく目を開き、真琴に冷たく疑うような目線を向ける。

「馬鹿なこと言わないでください」

「もっと馬鹿なことが裏で起こっているかもしれませんからね。どうして怒っているんですか？　いや、でも早乙女さんみたいな──」

しつこさに辟易する。眉をひそめて伝えた。

「帰ってほしいです。あなたみたいな汚れ仕事専門のやつとは関わりたくないです」

「その汚れ野郎に、何度も仕事を頼んでるのはどこの誰ですかー」

児見山は手を叩いて笑い声を上げた。

「いいんですか、早乙女さん。そんなひどいこと言って。お互いやってきたこと全部明かしたら終わりですよ」

「あなたは人のことは平気で裏切りますけど、金のことは悪びれず裏切らない人です」

「ありがとうございます。人に理解されているってうれしいものですね。信用されているなー、俺。そのとおりなんですけど」

児見山はげらげら笑った。

「人には言えない依頼があればすぐ連絡してくださいね。殺人だってやりますよ」

「人を殺したいわけないじゃないですか」

「どうかなあ」と、児見山は首をかしげた。

真琴も赤枝を殺している。そしてそれを告げないことで、殺人という経験を得意げに語り、ちんけな優位性を得る児見山を内心馬鹿にした。馬鹿にしたのは真琴自身の心中の均衡を保つためだった。残念ながら児見山よりちんけな動機だった。

——真琴もその男も、もっと才能があれば身体を捧《ささ》げなくても影塚は認めたのではないか。中途半端《ちゅうとはんぱ》な才能だからこそ、影塚は身体ぐらい求めてもいいと考えたのではないか。

それを考えるとやるせなさはある。身体云々《うんぬん》ではなく、才能を前にしたら影塚が声をかけないわけがないのだ。

児見山が出会ったその男は自分を守ることにして別の道を進んだ。一方で真琴は身体を捧げて今もまだ美術界に身を置いている。それどころか今もまだ影塚の要求に応じている。

その努力を認めてほしい、報われてほしいと、みっともない欲望に唇を噛んだ。

4

いつもの静寂が破られ、今日のアトリエは妙に狭く感じられた。インクのにおいすら薄れた気がする。記者はカメラの角度を探ったり、ノートを走らせたりとせわしない。

突然、取材の依頼が入った。やってきた記者は中年男性と若い女性の二人組だった。

もう赤枝もいないので、快くアトリエへ招いた。

赤枝と連絡が取れなかったことによる埋め合わせかと思いきや、また別のアーティストの予定だったのが制作が立て込み直前でキャンセルされてしまったらしい。

赤枝を殺した影響がそこかしこに出ているのではと、どうしても考えてしまう。赤枝に対する感覚が鋭敏になっている。

『アーティストの仕事場』という美術誌の連載だそうで、アトリエ内の写真をあちこち撮っている。なるべく作業中の格好をということで、黒いTシャツにカーゴパンツといういつもの格好で撮影に臨んだ。

カメラのシャッター音を鳴らしながら中年男性が言った。

「自然と美しい均衡が取れている配置だし、それでいて『自画像』などにあるようなアバンギャルドさが見える気がしますね。例えばここなんか不自然なスペースになっていますし」

頭を掻きながら、呆れた様子で返答する。

「最近まで別の棚置いていたので。ただのぼろ部屋なのに、僕が使っているというだけで何か大層な部屋だと持ち上げすぎですよ」

「そりゃあ、あの早乙女真琴さんが使っている部屋ですから。私は『深海魚』が特に好きなんです。どことなく陰鬱《いんうつ》な深海の静けさと暗さ、中央に描かれた魚の大きな口と鋭い歯と微細な鱗《うろこ》、息苦しくなりそうな濃密さがたまらないです」

「やりづらいなあ。よいしょもほどほどにしてくださいね」

そう言いつつもまんざらでもない表情を作った。

ただのアトリエにそっちで変な付加価値を付けて、勝手にそれっぽく見えているだけだ。真琴を知らない人間が見たら、このアトリエはただの散らかった物置だろう。

ただ空いたスペースを指摘されたときは少しひやっとした。

そこは棚が置いてあった場所ではなく、赤枝が監禁されていた場所だからだ。ちょうど女性記者が立っていたあたりは、つい数日前まで赤枝の糞尿《ふんにょう》で汚れていた。

まずは何枚か、室内と真琴の写真を撮っていく。

「もっと凜々しい顔できますか」

「テーブルに手を突いて軽く笑ってください」

「ニードルを手に持って銅板に向かい合っている図がほしいです」

要求に応じてポーズを取っていく。

「制作中にこんなかっこつけませんよ」

真琴が自嘲気味に告げると、笑い声が上がる。

「それはそうですけど、読者には早乙女さんのかっこよさを知ってほしいので。ファンが喜びますよ」

「……めんどくせーな。連れてきてみろよ。そのファンとやらを」

ボソッと真琴が言ったら、場の空気が一瞬で凍り付いた。シャッター音だけが空しく響いている。

慌てて真琴は付け加えた。

「ファンの前だったら、もっと張り切るからかっこつけた写真が撮れるのに」

真琴は顎に指を置き、目をとろんとさせて見せた。

記者二人も安心したようで、笑顔が戻った。くだらなさに脱力し、期せずしてアンニュイな雰囲気が自然に仕上がった。

赤枝が雑誌で取っていたポーズを思い出した。確か腕をまくって太い腕を見せていた。

赤枝と連絡が取れなくなったことを各所は訝しく思っているようだが、いつものことだと深く詮索《せんさく》はしていないようだ。そのうち連絡が来るだろうと、呑気に考えているだろう。永遠に連絡が来ないことを知っているのは真琴だけだ。

やがて連絡の取れない赤枝のことをみんな諦めて別のアーティストに注力するようになり、赤枝はあっさり忘れられる。それを知っているのも真琴だけだ。

現時点でそういう事態が起こりうることは十分予測可能だが、もちろん誰もしない。

映像コンテンツの二次利用などのために、放送番組に出演していた俳優の消息を探している団体がある。どんな理由であろうとも、行方を探してもらえる幸せ者はほんの一握りだ。残りの大多数は時の流れに飲み込まれ、消えても誰も気付かない。

写真を撮り終わった後で、男性記者が言った。

「早乙女さんはまだ若いから知らないでしょうが、このあたり出身の画家がいるんですよ。自分も直接会ったことはなかったのですが、二十年以上前に――」

と、聞いたことのないアーティストの名前を出した。アトリエがあるこの地域出身だったらしい。作品数も少なく活動期間も短かったため、誰もその後どうしているかを知らないらしい。

「デビューが遅く、当時もうご高齢だったから、今はもう死んでいるかもな」

「亡くなっている、ね」

隣の女性記者が訂正した。たいした関係性でもないなら、その人は『亡くなっている』のではなく『死んでいる』のだろう。

「昔は当然ＳＮＳもなく、今ほど携帯電話もメールも普及してないし、おまけに自宅電話で全部済ませていた人も多いから、活動が途絶えた人は連絡先が不明となるケースも多かったんですよね」

「そう考えると今は便利ですね。誰か死んでもすぐわかる」

あえて亡くなっているではなく死んでいるを使った。しかし女性記者に引っかかる様子はないようだった。わざとらしくうなずいて、話を円滑に進めているつもりになっている。

「それでも連絡つかなくなる人は多いですよ。ネットがあればいくらでも消息がわかるなんてありゃ嘘ですね。対人関係でインターネットが影響を及ぼす割合なんてたいしたことないなって思うときもありますよ」

男性記者はしみじみと言った。

それなら赤枝のことも大丈夫だろうか。会わなくなった人に思いを馳せる想像は、憎い相手を殺す想像と同じようなもので、薄ら寒い独善であってほしい。よく考えれば赤枝の作品『望郷』はそれを象徴していた。期せずして真琴は赤枝を殺害することで、赤枝の作品が包含するテーマを演出し、餞《はなむけ》にしていたらしい。

そう考えたが、その想像もまた独善だった。音信不通の相手に希望を見出すような、呑気な楽観主義に苛立ちを感じる。今目の前に『望郷』があったら破壊してやりたかった。

「僕もいきなり死んだりしたときのために、エッシャーみたいにポスチュマス・プリントの準備しておこうかな」

版画は元の版さえ残っていれば、アーティストの死後に別のアーティストが印刷して完成させることが可能となる。それをポスチュマス・プリントという。レンブラントの死後は、ポスチュマス・プリントが濫造《らんぞう》されたことで粗悪品が多く流通してしまったことが知られている。

騙し絵のような木版画が人気を博したエッシャーも、ポスチュマス・プリントが多く残っている。それらにはどれも、不自然な丸い穴が空いている。エッシャーの生前の指示により、木版には全て穴が空けられ、ポスチュマス・プリントであることがわかるようになっているのだった。

「エッシャーが丸なら、僕はどうしようかな――こんなのどうですか」

小さな銅板とベルソーを手に取った。ベルソーは先端が丸みを帯びたギザギザの刃を持つ道具で、銅板の表面を均一に粗くして、無数のまくれを一度に作ることができる。

「これ、自画像を描こうとして失敗したのでいらないやつです」

銅版には人の顔が彫られているが、彫り込みが足りないため、言われなければ真琴だとわからない。イメージをまとめるために作った練習用だった。

真琴はベルソーを手に取り、静かに自画像の顔――頬の辺りへ刃を立てた。冷酷な決意に満ちたその目には、隠しきれない怒気や諦念が微かに揺らめいていた。

ベルソーが銅板をなぞっていく度に、乾いた音が室内に響き、銅板に描かれた真琴に鋭い点々が刻み込まれていく。

そんな光景を目の当たりにした二人の記者は、引きつった笑いで、困惑気味に顔を見合わせていた。


その日、I駅から少し離れた住宅街で、会社帰りの三十代男性が突然後ろから頭を殴られるという事件が発生した。転倒時の外傷性ショックで数時間後に死亡が確認された。

昼間に男性は、取引先と商談の約束をした喫茶店で、先方がやってくるのを待っていた。先にコーヒーを買って席に運んでいる途中、男性は近くの席にいた真琴の荷物を蹴ってしまう。その拍子《ひょうし》にコーヒーがトレイにこぼれた。

真琴に文句を言われた男性は、コーヒーをこぼした苛立ちもあったのか、逆上して真琴を責め立てた。真琴は男を一瞥すると店から出ていった。

あまりに日常的なエピソードのため、捜査陣にその情報は入っていない。

5

また影塚は真琴の身体を楽しんでいる。

「児見山が僕たちの関係に勘付き始めている。どうするんです」

そう伝えると、真琴のペニスを咥えたまま、影塚の動きが止まった。惜しむように舌を這わせながらペニスを離すと、影塚は気怠そうにいった。唾液が伸びている。

「簡単だ、金を積めばいい」

「それしかないですよね。あなたを拒んで嫌がらせを受けて、画家の道を諦めた人にたまたま会ったらしいです。心当たりはありますか？」

「知るか。それだけでは情報が足りない」

他人事《ひとごと》のように影塚は吐き捨てた。本当にわからないのだろうが、開き直るような投げやりさがあった。

「思いどおりにならなければ即座に捨てていたんですね」

「そういうわけではない」

そう返答する影塚に、真琴は前からどうしても訊いてみたいことがあった。

「もしあなたが生きてきた中で一番の才能を見つけて、その才能があなたに身体を捧げることを絶対に許さなかったら、どうしてましたか？　相手を尊重して画家としての成長をサポートしました？　それとも児見山が会った人のように、捨てていました？」

影塚は少しだけ考え込んだ後、真琴の股間から顔を上げて言った。

「想像しようがないな。なぜなら一番の才能が身体を捧げたことにより、私にとっては仮定の話ではないからだ――お前のことだな」

影塚の見上げるような陰気な顔付きにこめかみが熱くなる。殴りつけたい衝動に襲われる。

「逃げないでください」

「逃げてはいない。理想が手に入ったのに、それに劣《おと》る仮定に思考を巡らせて何になる？」

「今この瞬間から僕が拒んだら？」

「お前は拒まない。正義の味方にでもなったつもりか？」

「あなたが悪人なだけだ。僕は正義ではない」

「よくわかっているじゃないか」と、影塚は目尻に深いしわを寄せて笑った。

「お前にはわかるまい。理想を手にしたら、それはそれで苦しみがあることがな。理想なんて手が届かないから理想でいられる。そして手なんて届かないほうがいい。今度はまた別の理想が生まれてしまう」

銅版画に限らず作品というものは、どの段階で完成と判断すればいいか難しいのと似ている。作品単体の話ではないが、有名なムンクの『叫び』は『生命のフリーズ』という連作の中の一点にすぎない。そのうえ一点のみの鑑賞や作品を並び替えての鑑賞を考慮しているので、『生命のフリーズ』は完成という概念のないプロジェクトとなっている。

「理想はまた別の大きな理想の一過程にしかすぎない。だから人は可能な限り永遠に誰かを犠牲にし続ける。そんな中、誰かのために骨を折ることに何の意味がある？　なあ、言ってみろ」

影塚は真琴の身体を乱暴にひっくり返すと、いつもより簡単に前戯を済ませてペニスを入れてきた。もっとも長年の開発で、真琴のアヌスには指三本くらいならすぐに入る。目の前には鏡があって影塚の姿が見えるが、苛立ちが表情に出ている。

ねじ込むように腰を押し付けてくる影塚に、真琴は身体の奥底まで支配された。影塚のペニスはS状結腸まで届いていた。肛門から十五センチほど先、結腸と直腸をつなぐ部分で、影塚のような巨大なペニスでないとここを責めることはできない。前立腺を責められるのとはまた違う快感があるのだが、その快感はS状結腸と隣接する精嚢への刺激によってもたらされていると言われている。

真琴はわかりやすく反応する。小さく息が漏れた。身体を巡る快感に、また別の快楽が織り込まれている。それは影塚の思考が真琴自身の思考と似ていたことによる、共感の快楽だった。周囲を腐蝕させることで生きる真琴と、永遠に誰かを犠牲にすると決めつける影塚の思考は似ていた。意思とは裏腹に、真琴は反応的に影塚に共感してしまったのだった。

腰を動かしながら、鏡の中の影塚は言った。

「信じられないほどの虚無感に襲われるようなことが、お前にはないのか?」

真琴に答える余裕はない。S字結腸を責められる感覚を身体が覚えていて、次の瞬間にあの感覚が来るのではないかと一瞬一瞬身体が構えて途切れない。真琴の意思ではなくても、それは快感を待っている状況に等しい。何も思考できず、抗うことが無駄だと理解しつつ拒んでいるのなら、それは待っているのだ。

かすかに笛の音のような喘ぎ声を漏らしてしまう。真琴のペニスが充血してより膨張していく。熱湯に触れると一瞬冷たく感じるように、快感は行き着くところまで行くと全身に気怠い冷たさが回る。そしてその感覚は持続する。影塚のペニスにより、身体中が冷水を浴びせられたようにキュッと締まり、震える。それなのに手は熱を帯び、汗がにじんでいる。摑んだシーツは濡れていく。

冷え切った湖の水面にさざ波が走るように、静かな快楽が身体の奥深くに沈み込んでいく。だから紅潮した顔の火照りが際立ち、額に噴いた汗で前髪が張り付く。

返事をしない真琴を諫めるように、影塚は続けた。

「何度抱き合っても何度快楽をともにしても、暗い海に落ちて水面が見つからないような、求めるところに辿り着かないような無力感がある。結局は別々の身体同士だという肉体的な障壁のせいか、別々の心同士だという精神的な障壁のせいなのかわからない。しかも厄介なことに、絶望するには生ぬるく許容するには重すぎる。答えが見つからないことを知りながら貪るしかないのだ。何かを求めればそれは永遠に理想の一過程にすぎない。若い頃から幾度も同じことを繰り返してきた。ユングのいう内なる異性は、恋愛という形で現実に投影されるというが、投影の際に理想の粒がこぼれ落ちていないと、言い切れるのだろうか」

返事もできず、身を委ねるしかなかった。真琴もまた影塚が繰り返してきた果ての一人なのだ。次の一人が見つかれば、真琴は全てを失う。

真琴のペニスも勃起しアヌスの締め付けが強くなった。影塚は目を閉じて腰を振り続け、やがて真琴と同時に射精した。

その後だった。脱力した影塚はベッドに倒れ込もうとするのだが——。

何があったのか、ベッドに手をつくのに失敗して、そのままベッドの外に転げ落ちた。股を大きく広げて落ちたそのポーズも、射精したばかりで萎んだ皺だらけのペニスも滑稽だった。

四つん這いのままだった真琴は、さすがに心配になりベッドの下の影塚を覗いた。ペニスから精液が糸を引いて落ちる。

照れくささからか、あえて固い表情をしている影塚は、ベッドのへりを摑んで立ち上がろうとして——もう一度転んだ。床に倒れながら、空気を摑むように宙で拳を握っていた。

「……何をしているんです？」

真琴が訊くと、影塚は目覚めたときのようにきょろきょろし出した。

「最近、いつも電気が暗くないか。電球を取り替えさせよう——外が暗くなってきたな」

発言が理解できず、カーテンの閉まった窓に目をやる。外も中も、さっきから明るさに違いはない。

真琴が手を伸ばしたら、影塚はその手もすぐに摑むことができなかった。

「まさか……。あなた、目が……」

影塚は呆然としていた。ベッドに上がった後、すがるように真琴の濡れたペニスを愛撫し始めた。口にくわえ頬ずりしている。恥ずかしがるかのように、触覚だけで全てを知ろうとするように。そして悲愴な声を漏らした。

「私からこの目を奪ったら何が残るというのだ」

ペニスに息と唾液がかかってくすぐったい。

真琴から言葉は出てこなかった。気にはかかるのだが、かける言葉はない。学生時代に遠い知り合いの不幸を知ったときのように、対象個人の人間性が見えずに不幸そのものだけを気遣わしく感じるような、そんな気分だった。

さすがの影塚も動揺を隠せない。目を大きく見開き、真琴に言った。

「真琴、一枚でも多くの作品を作れ。私の目が見えなくなった後に、お前の作品を私以外の人間が楽しむことが許せない。どうすればいいんだ、どうすればいいんだ」

影塚は付き合いたての恋人のように、真琴の胸で泣きじゃくり始めた。

もっと直接的に真琴の身体を求めるだけだった影塚が、初めて精神的な安らぎを求めているのかもしれない。それでも「治すしかない」と、空疎な言葉しか伝えられなかった。

「くだらない。そんな綺麗事で私が満足するとでも思ったか。お前の銅版画家としての功績は全て私の後ろ盾があったからだと思い知るがいい」

動揺からか、真琴の返答に珍しくへそを曲げている。

「僕らは幸せに生きていけると思いますか？　美術界でのし上がっていくために、汚いことや小狡《こずる》いこと、散々やってきたじゃないですか。あなたも児見山を使って、人殺しぐらいしたことあるんじゃないですか？」

耳ざとく影塚は顔を上げる。

「話が飛躍しているな。お前が人を殺したことがあるから、怖くて仲間を求めているのか」

児見山にも似たような指摘をされた。また無意識にそういう思いが出ていたのだとしたら、そんな情けないことはない。だが真琴自身にその感覚はない。

「そんなわけないです。それにしても――あなたも視力を失いそうですか。やはり僕たちは不幸になるべきです」

影塚はふっと微笑んだ。吐息が真琴の太ももをなぞっていった。

6

無機質な会議室の時計が、緊張を刻むように進む。整然と並ぶ椅子とホワイトボードを、真琴はただ眺めていた。外から足音がするたび、一瞬肩がこわばる。

その日は椛嶋とオンラインプラットフォームの構築について打ち合わせがあり、黒のジャケットを羽織って椛嶋のオフィスに向かった。会議室に通されなぜかやたら待たされた。

「ご無沙汰《ぶさた》しております」とようやくやってきたのは、椛嶋ではなかった。最近は顔を合わせてなかったが、椛嶋の上席にあたる男性社員だった。

「お待たせして大変申し訳ございません。椛嶋が急遽休暇に入りまして、決まっていた予定が拾い切れておらず……。早乙女さんとの打ち合わせも先ほど知った次第でして……。急で申し訳ございません。こんな格好で」

男性社員はTシャツにハーフパンツとラフな格好をしていた。

「お構いなく、どうされたんですか」

「体調を崩しております」

男性社員は言葉少なに返事した。早めに話を切り上げたがっているのがわかった。ただの体調不良ではないのだろうか。

「ただ早乙女さんが弊社プラットフォームにご参加いただくのは鳴り物入りの企画ですので、状況は把握済みです――」

男性社員は商品知識や話術は申し分なかった。

ただ椛嶋の休暇理由については、最後までわからずじまいだった。

「椛嶋については、また復職したら連絡しますね――」

何となく、その連絡は来ない気がした。


だが数日後、アトリエで銅板を彫っていると突然椛嶋から連絡があった。

「こんばんは、早乙女さん」

何気ない連絡をする程度の仲ではあったので、これは意外ではない。

「この間はごめんなさい。埋め合わせしたいから、よかったら会いませんか？」

しなだれるような口調は元々だが、どこかいつもと違う。そして真琴だったら呼べば来るだろうと、軽く見られているのもわかった。純愛を続ける気持ちはないという前提で、確かに呼ばれれば行くだろう――今も。

行ける旨を伝えると、椛嶋は場所を指定した。検索するとラブホテルだった。

「三〇三号室にいます。じゃあ後で会いましょう。楽しみにしてます」

「どうして急に誘ったんです？　この間みたいにからかわれるのはごめんですよ」

正直な気持ちだった。先日の酔った椛嶋を思い出す。気分一つでころころ態度を変えられたらたまったものじゃない。

「今椛嶋さんがいる場所、ホテルですよね？」

一瞬沈黙があった。それから椛嶋の声は少し大きくなった。

「ねー、そういうのいいからさっさと来いって。お前みたいなの相手にしてくれるの私だけなんだから」

急に口調が冷たくなった。真琴は椛嶋を怒らせたくて告げる。

「こっちはこっちで相手してくれる人いっぱいいますよ」

しかし椛嶋は「とにかく来てよね」と一言だけ言って電話を切った。

抱けそうになかったらさっさと帰ることにして、ホテルへと向かった。

ちょうど制作が一段落付いていた――と自分に言い訳できるよう、きりのいいところまで進めた。多少乱暴な出来になってしまった。

指定されたホテルの外観はやたら古めかしく、変に西洋の城を真似たせいで余計にチープな印象だった。椛嶋とホテルに行ったことなどないが、それにしても椛嶋には似つかわしくない。

疑問に思いながら指定された部屋に入ると、部屋は真っ暗だった。

「あれ、いない？　椛嶋さん。電気点けますよ」

「付けるな」と、ぴしゃりと暗闇の中から声がした。

「いるんじゃないですか。何ふざけてるんです――」

「驚くなよ」と、どこかくぐもったような声が真琴を遮《さえぎ》った。

「何がです？」

「いいから、私を見て驚くな」

「はいはい、わかりました」

「何だ適当な返事しやがって。私に告白したようなやつが偉ぶるな。わかったら点けろ」

「何なんですか――」

真琴は入り口横の電気を点けた。

そして部屋の奥、ベッドの脇で立っている椛嶋の姿に絶句した。

室内は狭く質素で、壁は申し訳程度にアートワークが飾られていた。ムードライトが室内をぼんやりと照らすが、まるでドラマの火事のシーンのように雰囲気は辛気《しんき》くさい。

厳密に言えば、立っているその人物が椛嶋かどうか疑った。

だが身体のラインも声も、間違いなく椛嶋だった。着用している花柄《はながら》のワンピースにも見覚えがあった。

しかし――頭にマスクをかぶっている。精巧なものではなく、まるで一昔前のダッチワイフみたいに落書きのような目鼻口が描かれた、ビニール製のマスクだった。だからくぐもった声になっていたのだ。無表情な目がこちらを見ている。

「どうしたんです、それ……」

マスクは微動だにせず真琴を見つめ続ける。

やがて椛嶋はマスクを取り外した。現れた目が悲しげであること以上に、椛嶋の左頬を見て絶句した。

――そこには、ナイフで切ったような痛々しい傷が付いている。

「こんなの残っちゃった」

電話でも感じた辿々《たどたど》しい口調は、麻痺《まひ》によるものだろうか。頬が引きつってあまり動かず、その分唇の動きも足りないように感じた。

「キーホルダーよこしてきたあの押し花のじじい、あまりしつこいからはっきり断ったら会社前で待ち伏せされて……」

椛嶋は呆然とした足取りで、少しずつ真琴のほうへ近寄ってくる。

「犯人が、悪いのは誘惑した私だって」

真琴の腕を手に取る。

「この傷治るかわからないって。警察に突き出したんだから、この傷治るべきだろ。悪いのはあっちなのに、何でこっちが損するんだよ」

真琴に顔を近付け、押し付けるように傷を見せてくる。

「さっきすれ違った人がじろじろ見てきて大丈夫ですかだって」

椛嶋はサイドテーブルに手を叩きつける。

「どうするんだよこれ。何人も男振り向かせてきたんだよ。連れて歩くのにいい男取っ替え引っ替えしてきたんだよ。鼻の下伸ばしたじじいども相手の商談は楽勝だったんだよ。どうする、どうするんだ」

真琴は返事をせず、椛嶋の顔を見つめ続ける。

「何むかつく目で見てるんだよ」

「そんなつもりないですけど」

「告白してきたお前が馬鹿にするのか。告白したほうが立場が下なんだよ、告白したほうが負けなんだよ。銅版画だか何だか知らないけどお前も負けだろ、おい何とか言え」

椛嶋は真琴の胸部を叩き続ける。

「ねえ早乙女くん――私のこと抱ける?」

椛嶋は血走った目で真琴に顔を近付けてきた。間近で見るとめくれ返った傷はまるで巨大みみずが顔にへばりついているようで、椛嶋の呼吸に合わせて蠢《うごめ》いて今にも飛び出してきそうだった。

瑞々《みずみず》しかった髪の毛もぱさぱさになっており、化粧をしていない肌は粉を吹いて小さな皮膚片がはらはらと落ちた。吹き出物も目立つ。唇は乾燥して皮がめくれており、真琴の知っている椛嶋ではなかった。

「何を間抜けな顔でポカンとしてるんだよ」と椛嶋は笑う。

「抱けるか訊いてんだよ。告白して私とやりたかったんだろ。夢叶えろよ」

「落ち着いてください」

抱きたくないからそういってたしなめた。あらゆる手を使って手に入れようとして手に入れられなかった椛嶋だったのに、その顔もその精神性も別人に思えた。

「何でだよ。私は見た目だけだったの?」

椛嶋は真琴の肩を摑んでゆさぶった。

「そういうわけじゃないです」

「嘘つけ。私は顔だけだったよ。私はかわいかっただろ。いっぱい告白されたし奪おうと思えば奪えたし、おっさんの相手しただけで何十万ももらえたんだよ。調子がいいだけの新人アーティストのお前ごときとは釣り合わなかったはずなんだよ」

早く終わりたくて黙っていると、「何とか言えよ」と、椛嶋は真琴の頬をビンタした。この間耳元にできたばかりの面皰に当たって痛い。

椛嶋は突然服を脱ぎだした。

肉付きがよく引き締まるところは締まっており、丁寧に手入れされたことがわかるきめ細かい肌だった。だからこそ真琴の面皰と同じように、頰の傷が余計に痛々しい。

「そんなに傷が気になるか」

椛嶋は再びマスクをかぶった。

「ほら、これで傷は見えないだろ。綺麗だろ、私」

それをかぶった椛嶋はくぐもった声になった。無表情な目がこちらを見ている。

椛嶋は真琴をベッドに突き飛ばすと、真琴の服を剝いでいく。全裸になった真琴の身体を見た椛嶋は、「ほっそー。それに何でそんな綺麗な身体なんだよ。真っ白じゃん」と、よくわからないポイントで笑い始めた。

マスクが真琴を見下ろし、ベッドに横たわった真琴はそのマスクを見上げ続ける。

しばらく見つめ合った後、椛嶋が大きくため息をついた。

「意気地ないなー。好きな女にここまでされて抱けないのか?」

そう言って真琴の身体に倒れ込んできた。香水のにおいは変わらないが、マスクをかぶった顔は今までの椛嶋と違う。肌を重ねるのは初めてだから、このぬくもりが今までと違うかどうかはわからない。

自分が選ぶ側であること、自分は容姿をほめられる側であること。それが椛嶋のアイデンティティだった。たとえ真琴が相手といえども、そのポジションを失うわけにはいかないのだろう。

「ほーら、イケメン早乙女くん。私たち最初からお似合いだったよね。超絶美人の私がちょっとだけ気を遣って、真琴くんのレベルまで下りてきてあげたよ。やろうよ、早く」

椛嶋は真琴の腕を手に取ると自分の局部に運んだ。なぜかすでに潤《うるお》っている。それから咥えて屹立させようと、真琴の局部に顔をずらした。だが自分がマスクをかぶっていることを忘れて息を吸ったのか、ズボッという音とともにマスクの口元がしぼんだのがおかしかった。

「できねーじゃん。これじゃや。私で勃起しろ、早く。私で！　勃起するんだお前は！」

仕方なく椛嶋は手でしごきだした。影塚で慣れているので簡単に屹立した。

椛嶋への想《おも》いもすっかり消えたから、さっさと終わらせようと後ろから責めようとした。しかし椛嶋は背中に回り込んだ真琴を拒絶した。椛嶋は身体を回転させ、マスクで真琴を見つめる。

「馬鹿野郎。私の顔好きなんだろ。ちゃんと顔見えるようにして入れてこい。何でそれも言えないんだクズ」

そして椛嶋は真琴の手を引き、無理矢理自身をベッドに押し倒させた。

真琴の視界にマスクがアップで映る。光のない目と固定された笑顔が、そして何度も抱きたかった身体が真琴の下にある。

マスク姿の奇妙な生き物が足を開いた。真琴はそこに股間を押し付ける。

その生き物は正常位以外の体位を一切許さず、常にマスクを見つめながらセックスするよう要求した。

ビニールマスクの中から喘ぎ声がした。それとともに再びマスクの口元が膨らんでは萎んでいる。子どもが紙風船で遊んでいるようだった。

「ようやくあんたみたいなクズと私がお似合いになったわ。お似合いだ私たち、お似合いだ、お似合いだー」

真琴は何も考えず、機械的に腰を振り続けた。マスクの向こうに、かつて恋心を抱いた椛嶋の幻影を見ていた。

椛嶋に恋していた頃、椛嶋の身体をものにしたいという思いより、一緒にいて楽しい時間を過ごしたいという思いの方が強かった。話したりしているだけでよかった。

ただそれも所詮過去の話で、発情した猫のように叫ぶ椛嶋が、いつしか淡い思いを跡形もなくかき消していった。

7

「どうもー」

その日は影塚宅からアトリエに向かおうとすると、ハイエースのところで児見山が待っていた。思わず真琴は眉をひそめる。

「そんな顔しないで」

児見山は不敵な笑みを浮かべて近付いてくる。

「出てきます、出てきます。影塚さんに襲われた人たちが。何て言うか俺、柄にもなくジャーナリズムみたいなのが生まれてきてしまいましたよ。これは世間に大々的に宣伝したほうが良さそうですよね。何でここまでバレていなかったのか。もしかして何人か消してます？」

「知らないです——こんなこと調べて、金になるんですか？」

「だからジャーナリズムと言ったじゃないですか。自分にそんな感覚があったのが驚きですよ。まあ俺が早乙女さんの立場だったら一般人のプライバシーを強調しますし、影塚さんの立場だったらしらばっくれて名誉毀損《きそん》を主張しますし、ただの一般人だったら知る権利を強調しますし。もし大義がほしければ、世の中は何でも用意できますね。自分らしく生きるのは簡単です——で、今の俺はジャーナリズムが芽生《めば》えているわけです」

「散々悪いことしてきたうえで、調子のいい」

「そこで変に襟を正しても調子が悪くなるだけですから。しょうがないですよね」

「何でわざわざ僕に言ってくるのです？　何も言わずに週刊誌にでも売ればいいじゃないですか」

「そういやそうですよね」

「影塚さんに問いただせばいいじゃないですか。要は僕には何もできないと思ってますよね」

「そうかもしれません」と薄ら笑いを見せる児見山は、真琴と影塚を腐蝕させ始めたのだ。そして真琴のほうがより腐蝕させるにふさわしい相手だったのだろう。

「もう一度訊きます。早乙女さん、あなたは影塚さんに身体捧げているんですか？」

「だとしたらどうするのです？」

「趣味がいいか悪いかは週刊誌の読者の判断に委ねます。そこは俺はどうでもいいので。ただ——今勢いのある早乙女さんが性玩具だということがわかったら、最高に盛り上がるでしょうね」

児見山は目を輝かせていた。この間不潔で汚い男と街娼のセックスを横で眺めていたときの自分も、きっとこんな顔をしていたのだろう。

8

影塚は少しでも目の疲れをやわらげるため、色の入ったサングラスをかけるようになっていた。かつて真琴も世話になった眼科医に診察してもらっているそうだが、症状は悪化していく一方のようだ。今日のセックス前、それに気付かず真琴の股間に顔を持っていったとき、サングラスが当たって落ちた。慌てて外す影塚に、疲れ切った男の姿を見た。

そして情事を終えると、影塚は天井を見上げていた。

射精後の男性は脳内に性欲抑制作用のあるホルモンであるプロラクチンが放出されるため、眠気や脱力感に襲われる。

真琴もシーツに横になっていると、影塚が突然話しかけてきた。

「児見山はおそらく、別の業界関係者に買収されているな。馬鹿なことを……。散々いい思いをさせてやったのに」

「消すんですか」

「お前の日常では、人一人消すことがそんな簡単なことなのか」

影塚は微笑んで真琴の顔を見つめる。

「ただ対策を講じる必要はあるな。十分な謝礼は払ってきたつもりだが、のど元にナイフを突きつけられていたのは確かだ。だがいつからか信頼していた。あんな男でもいつの間にか信頼してしまうのだから人は甘い。甘すぎたな」

「よくもまあ、あんな男を」と、真琴はため息をつく。

「信頼……ではないな。過信か。他人の印象や今後の見通しなど、頭の中で描いた絵が続くだろうという過信だ。児見山という個人の印象を蔑《ないがし》ろにし、児見山を操って描いた風景を鑑賞して、満足しきっていたのが失敗だった。そんな私の視力が落ち、鑑賞することを奪われるなんて皮肉なものだ。私はジョン・ブランブリットみたいな天才にはなれない」

ジョン・ブランブリットは全盲の画家で、視力がないとは信じられないほど色彩に満ちた美しい風景画を描く。触覚が発達して絵の具の質感で色を判別できるらしい。

真琴は自身の目を手で押さえて視界を隠してみた。この暗闇の中、触覚を頼りに素晴らしい絵を描き上げる才能にはただただ圧倒される。自分というアーティストがえらく中途半端な存在に思えた。

　そんな真琴の心中は知らず、影塚は話を続ける。

「美丘のように躊躇なく自意識を暴走させられたほうが、まだましだったかもしれん」

「何を言っているんですか。セゾン・ド・ミューズは予定されていた催しが全て中止になって、臨時休業中ですよ。隣の芝生が青いというのはただの妄想です。妄想なだけに完全に逃れるのは難しいし、かといって戒《いまし》めとするにはあまりに蠱惑《こわく》的です。変に夢や希望を提供する厄介な言葉です」

「それはわかるが、頭の中で描いた絵が続くと考えるのは誰だってそうだろう。真琴、お前はまさか自分だけがそうではないと思っているのか？」

　答えられなかった。過信を厭う意思はあるが、意思でどうにもできないのが気に入らなかった。だから赤枝の姿勢に疑問があったし、後先考えずに粗暴に振る舞ってきた連中を石で殴ってやったのだ。

　影塚は話を続けた。

「椛嶋絵里香もそうだろう。自分はいつまでも美しく、望めばどんな男も誘えるとずっと思っていたわけだ。まさかあんなことになるとは」

　違和感に気付き、真琴は尋ねる。

「待ってください。なぜ椛嶋さんの怪我のことを知っているんです？」

「お前の銅版画家としての活動を見守る者として当然だ。『マインド・リトグラフ』はまだ運営基盤に不安があるが、新興事業はそんなものだろう」

「そうではなくて、椛嶋さんの怪我のことです。まさか……あなたの差し金で」

馬鹿なことを言うな、と影塚は笑う。

「あそこの会社が面白そうだったから話を聞いていてな。その流れで知っただけだ。お前を無理に売り込むこともしていないから安心しろ。お前は間違いなく実力で優遇されている。この世の不幸が全て私のしわざなわけないだろ」

「全てではなくても、一部はあなたのしわざですか」

「お前はしわざの主体になったことがないとでもいうのか――お前と椛嶋らしき顔を隠した女が同じホテルを使った確認が取れたのは偶然だが」

「椛嶋は顔の変わった自分も愛されうるかお前に確認した……初めはそんなところか。そしてお前もそれを受け入れたと」

「そんなところまで……」

実際はもっと複雑な感情だったろうが、真琴はうなずいた。

影塚は真琴の前でしゃがみ込むと、股間に手を当てて撫で回した。

「珍しい。嫉妬ですか？」

「違う。不思議に思っているのだ。椛嶋は顔に傷を付けられた。加害者は自分のものにならないなら、せめて美しい容姿を奪いたかったのだろう。それでは自分は何も変わらないというのにな。だが椛嶋は、そんな不幸な自分を慰めるためにお前を利用した。お前に抱かれた際に椛嶋が感じた満足は、顔に傷を持ったことで得られた満足だ」

要は椛嶋は腐蝕された腹いせに、また別の誰かを腐蝕させたわけだ。

真琴が選ばれたことが、真琴を下に見ている何よりの証拠だ。椛嶋からしたら、真琴を下に見なければならなかった。恵まれた容姿でずっと自然と人を下に見てきたから、自分がそっちの側になることが耐えられなかったのだろう。今までどおり愛されたかったのだ。

「おそらく椛嶋さんは、傷を負った自分が愛されるか確かめたかっただけではない。一緒に落ちてくれる相手を探していたんだ。かつてふった相手である僕がうってつけだったのでしょう」

裏でやっていることがバレたのか、顔付きに現れていたのか、とにかく椛嶋は真琴を選んだのだ。

腐蝕されて崩れた部分が、崩れている故に他者の腐蝕された部分とわかりやすく結合をしているイメージを想像する。粘液が溶け合うようなエロティックな想像をした。

影塚は呆然とした表情で、「きりがないな。だがうらやましさもある」と静かにつぶやいた。

何かが叶わなかったら、それを言い訳にして他人を腐蝕させる。また別の誰かが腐蝕され、また別の誰かを……。無力さが身体を駆け巡る。

真琴は影塚に抱きしめられた。妙に優しく、妙に弱々しく。

「誰とも手を取り合えないなら、私たちはどうすればいいのだ」

真琴も同感だった。

銅版画制作には終わりがない――つまり正解がないように、生きることは正解のまがい物を提示し続けることだった。老年特有のにおいを放つ影塚が煩わしい。死んだ赤枝がうらやましくなった。

ただ、同感であることと手を取り合うことは別だった。

「知るか」と、影塚を退ける。

「何度も言っているでしょ。誰も幸せになんてなれないんですよ」

影塚は黙っていた。声を荒らげて反応してほしかった。

9

展覧会も無事終わり今後の展望を聞きたいとオファーがあり、先日と同じ喫茶店で、再び宇治川と待ち合わせをした。

待ち合わせ時間ちょうどに着くと、また宇治川は何も頼まずに待っていた。店内は混《こ》み合《あ》っている。店員は注文をしない宇治川にやきもきしていたに違いない。

真琴に気付くと立ち上がり、頭を下げてくる。

「そんな堅苦しい挨拶はよせ」

深いため息をついた。先日会ったときより気が立った。そういえば前に宇治川と会ったときは、まだ赤枝を殺していなかった。

レザージャケットを脱ぎながら席に着くと、結局前と同じように、また二人でコーヒーを頼んだ。

「悪いな、遅くなって」と、宇治川に拝むようにして詫びた。「気にすんな」と宇治川は手を横に振る。

「早乙女、今日は車で来たんだろ？　お前が安全運転なのは知っているからさ――それよりお前どうしたんだよ。連絡も全然付かないし」

「制作に忙しくてさ。すまん、蔑ろになっていた」

「体調崩してないとかだったらいいけどさ」

宇治川は真琴を責めることを知らない。それどころか、「これ役に立つか」とバッグから栄養ドリンクを取り出した。

「こんなの飲むのおっさんだと思ってたけど、これが効くんだよ。ゆっくり年を取っているな、俺たち。寝不足続いたら飲んでみてくれよ」

真琴はドリンクを受け取った。店員がコーヒーを持ってきて、展覧会についての質問に真琴は答えていった。

話が一段落したところで、宇治川が話を切り替えた。

「なあ早乙女、制作者としてどう思うのか、お前に訊いていいか。展覧会とか具体的な話から外れて、変わった切り口でのインタビューみたいなものだな」

カップを持ち上げたまま、「別にいいけど、どうした？」と訊いた。妙に改まった感じがしたからだった。

「今度初心者向けのムックに記事書くことになってさ。普段より基本的な質問をさせてくれ。美術って、アートって、何のためにあると思う？」

似たようなことをインタビューで訊かれたことがある。牽制的な意味で、また宇治川に議論を広げてもらうという打算も込みで、無難《ぶなん》でよくある答えを疑問符付きで投げてみた。

「心を豊かにするためか？」

宇治川はにこやかに微笑んだ。

あまり納得のいかない答えだと思っているのがわかった。おそらく似たような回答を、他のアーティストから何度ももらっているのだろう。

面倒だが少しだけ歩み寄り、真琴側から今の答えを否定してみた。

「——とはいうけれど、どうだろうな。心が豊かにならなかったら、それはそいつのせいか？　それともアーティストのせいか？　アートに触れる資格はないのか？　そんな成長の儀式みたいな扱いにされてもな、とは思う。こっちは思うがままに制作しているだけだし、人間的に成長してほしいなんて欠片も思わないからな」

そう言いながら、真琴自身も世界を銅版画に例えている。腐蝕させることで構図を描き、仕上がりはどうなるかわからない銅版画の特徴を、世界に当てはめている。

成長儀式とまではいかなくても、自由に生きるツールにはしているのかもしれない。そんな真琴が回答してよかったのか確信が持てないが、ムックの読者にはその事情は無用だろう。

「なるほどな」と宇治川は笑い、そして困ったように首をかしげた。

「頭痛いな。心当たりがないわけじゃない。でもやっぱいいじゃん、日常で何かを感じるってさ。アートはそれを教えてくれるんだよ。心が動くその体験が、また同じ体験を求めるようになる。まあ確かに、心を豊かにというのは言い過ぎか。楽しいことは案外あちこちに転がっていることを教えてくれる世界変換ツールってところか。感性を磨く――いやそこまで大仰なことでもない、誰にでも感性があることを教えてくれているのかもな。そしてそのツールは無限にあって、例えば早乙女は銅版画といったように、多くのアーティストさんがアーティストさんの数だけ、まだ見ぬ違った世界を教えてくれる」

宇治川は身振り手振りを交えて説明してくる。嫌みのないそのキャラクターは、これからも多くのアーティストから美しい言葉を引き出すのだろう。

「僕の作品もそうなのか」

「だから多くの人の目に留まっているだろう?」

「普通に触れてくれればいいけどな」

自分はそんなたいそうなことをしていない。それと宇治川の話を正面から受け止めることを躊躇《ためら》う気持ちがあった。だから気持ちを半歩心の奥底へ追いやり、話半分で聞いている。

「早乙女は自分の作品を見て、誰かが成長してくれたらうれしくないか？」

「傲慢だな。成長が何を示すかはわからないけど、まあマイナスな印象ではない。それぐらいだ」

「おいおい、もっと素晴らしい仕事だぞ。美術家って。でもどんな心持ちで制作をするかは自由だよな。ごめん、余計な質問をして惑わせてしまった」

別に惑ってはいない。むしろ宇治川に向いた刃が、迷わずに尖り始めているのを感じている。芸術作品に限った話ではない。何かに触れて何かを感じる自分をアピールされることが不満だった。

宇治川は真琴の考えていることに気付かない。

「俺たちは作品を見させてもらっているんだもんな。先生に」

「見させてもらうな、勝手に見ろ。先生なんて付けるな」

「でもすごいよな。お前って。少しでもお前の功績を多くの人に伝えられるよう、手伝いがしたいよ」

諦めの気持ちから言葉が続かなかった。

まっすぐな目。嫌みのない人間性。

だからこそもう、宇治川とわかり合えることはないと思った。

これからも真琴は銅版画を続けるのだろうか。もし続けるのだとしたら、それは人と人は決してわかり合えないことを思い知る、そのために制作することになるように感じた。

わかり合えないことを誰かとわかり合うのではなくて、たった一人でそれを思い知るために。

「俺には才能はないけど、せめてうまく言葉にできるようになっていたい」

宇治川は一冊の本を取り出して、真琴に見せた。『言語化して思いを伝える一〇〇の方法』というタイトルだった。瞬時に全身を気怠さが襲う。

「言語化は今や必須《ひっす》のスキルだから。ましてやこういう仕事をしている俺だったら余計に――」

突然真琴は立ち上がった。何も聞きたくなかった。店内客の何人かが驚いて真琴に目を向ける。それに構わず、宇治川を見下ろした。

「ん？　どうした？」と、宇治川は驚いた表情で真琴を見上げている。

宇治川の何もかもが気に入らなかった。

そして真琴は宇治川に、汚く言葉をぶつけていく――。

感情を全て言葉にすると、こんなにも頭は追いついていかないのだと知った。

その日が、真琴と宇治川が会った最後の日となった。

10

そしてまたいつもどおり、アトリエで銅版画を制作する日が続いていた。

試し刷りを終えて印刷具合を確かめてみたら、微妙にムラができている。どうも最近、集中が途切れがちだった。宇治川との話が影響しているのは間違いなかった。Tシャツの袖で汗を拭い、檸檬の砂糖漬けを一枚口に入れる。

人が人を腐蝕させて生きていくのだとしたら、こちらがどうあがこうとも腐蝕しない相手は不愉快でしかない。たとえその人物が自分にとって、何ら悪影響のない人物だとしても。

もしかしたら真琴にとって宇治川は、そういう相手なのかもしれなかった。

そんな宇治川について考えるとき、宇治川の目から見た真琴自身にも直面する。宇治川の目に映った自分自身が腐蝕されている。

対人関係の大前提としての話ではなく、真琴は宇治川と話すとき、何事も思いどおりにならない無力感に襲われていた。おそらく学生時代からずっとそうだった。

銅版画を刷るのに使う雁皮紙を、真琴が腐蝕液として使っている硝酸に浸けてみた。銅は腐蝕していくのに、雁皮紙は濡れてしんなりしただけだった。

そのとき、突然ガチャリとアトリエのドアが開いた。

真琴が振り返ると、影塚と間宮が立っていた。

真琴の制作を邪魔しないように、何があってもアトリエのドアを開けることはなかった影塚がドアを開けたのだ。不穏な予感に眉をひそめた。

二人は室内に入ってきた。影塚はあたりをきょろきょろと見回している。間宮も普段見せたことのない、冷たい目をしていた。

赤枝の痕跡《こんせき》は残っていないし、見られて困るものもない。しかし入ってくるはずのない人物が入ってきた。体内に異物を入れられたような不快感があった。

「どうかしました――」と真琴が声をかけると同時に、突然間宮が飛び出してきた。

テーブルにあった制作中の銅版が床に落ちる。

銅版表面の細工が崩れないかが瞬時に心配になった。先ほどからやたらに自分にも銅版画家としての一般的な感覚があったことを思い知らされている。

しかしそれもここまでだった。

間宮は真琴の肩をつかむと、グッと自身のほうへ引き寄せた。

巨漢である間宮の顎から、髭がちょろちょろと伸びているのが見えた。整髪料か何か、シトラスのにおいがかすかに香った。

間宮は「失礼」とポケットからハンカチを取り出すと、それを真琴の鼻に当てた。シトラスのにおいはすぐに消える。

影塚と目が合った。表情一つ変えず、真琴を見つめている。

その顔が暗くなった。眠りに落ちる瞬間のように、視界が徐々に黒みがかっていく。

影塚は写真のように微動だにしない。よく目が見えていないのかもしれない。

真琴は気を失っていた。

11

気が付けば真琴は、薄暗く狭い部屋に横たわっていた。反応的に身体を起こすと鉄格子の中にいた。ここは牢屋《ろうや》のようだった。吊《つる》された裸電球がちらつき、どこかかび臭い。よく見ると部屋の四隅《よすみ》は黒ずんでいる。床は剝き出しの石で冷たい。

ずだ袋みたいな何かが落ちていることを、視界の隅で感じ振り返った。

振り返るとそれは人間だった。児見山だった。

目と口、手足を縛られて芋虫のようになっている。まだ息はあるようで、蠕動《ぜんどう》するように身体はうごめいている。

窓もなくどこか空気が重い。ここは地下室かもしれない。

そのとき、外からゆっくりと階段を下りる音がした。テンポも不規則で、何だか不安定な足音だった。

「起きたか」と、そこにサングラスをかけた影塚がやってきた。一人だった。

「どういうことです、ここはどこですか」

「以前に使っていた別荘だ。どんなに叫んでも無駄だぞ。東京から遠く離れているし、外に出れば山奥だ。私の言うことを聞けばちゃんと案内してやる」

言うことを聞けばと、含みのある言い方をされた。

「それにこいつは……」と、児見山のことを訊いても答えない。

「この家には他に誰がいます？」

「先に自分が置かれた状況を心配したらどうだ？　お前は閉じ込められているんだぞ」

影塚は目尻に深いしわを寄せ、鋭い視線を向けてきた。

「お前に危害を加えることはない。私の言うことを聞く限り、心配はいらない」

影塚は宙を見ながら話し始めた。その顔のどこかに寂しげな表情があった。

「真琴。あの時出会った縁だ、お前の才能を世間に知らしめるのが私の役割だと思っていた。しかしいざ視力を失うことがわかるとどうだろう。世間を意識することが空しく思えてきた。美術など誰がどう感じようと自由だ。長年美術品を、そしてその価値を紹介してきたつもりだ。だが私も初めは、自分一人が楽しみたくて鑑賞していたのだ。誰でもそうだろう？　我々は作品への思いや感想を、他人と共有することに重きを置きすぎたのだ。そこに尊さを覚えることなどない」

影塚は生粋の美術愛好者だった。今やコンテンツを楽しむことはどう楽しんだかを発信することと同義であり、創作物の感想を一人ノートにしたためる向きは少ないだろう。常に合わせ鏡に無限に映る中のたった一人であることを意識しないといけない、そんな強迫観念に誰もが囚われる中、自身と作品を一対一の関係性で完結させることは困難だ。

影塚は疲れ果てたように、肩を落としながら言った。

「もう疲れた。真琴、私だけのために制作を続けろ。ここにはもう私たち以外誰もいない。しばらく食べていけるだけの蓄《たくわ》えはある」

「しばらくがどれほどの期間を意味するか気になりますが。それと今の話と児見山にどういったつながりがあるんですか？　どうして拘束されているんですか」

もう一度訊いてみると、影塚は冷ややかに微笑んだ。

「簡単だ。このままお前を檻《おり》から出したら、お前がここにとどまる理由がなくなる。気分次第で私を撒《ま》いたり、もしくは私を殺しても出ていけるだろう。私の言いなりになることが不愉快だったら、しがらみから逃れられるのだ」

「何が言いたいのですか」

影塚はそれに答えず、倒れている児見山に目をやった。

「この男は私を脅迫してきた」

「もしかして、あなたと僕の関係についてですか？」

「そうだ。おそらくまた別の業界人にほのめかして、思いの外高額を提示されたのだろう。誰だか知らないが相手はどうでもいい。気に入らないのは、私に脅迫が通じると安直に考えたことだ。散々汚い真似をさせてきた私が、易々《やすやす》と脅迫を受け入れると思ったのか？」

「僕にはジャーナリズムに目覚めたと言っていましたよ」

影塚はしゃがれた笑い声を上げた。

「都合のいい言葉だな。私腹を肥やして誰かが世間にもみくちゃにされるのを見たいだけだ――こんな男に生きている意味はない」

「質問に答えてくださいよ。何が言いたいのです」

すると影塚は、ポケットからスマートフォンを取り出した。

そしてカメラレンズを真琴に向けると同時に、軽蔑した目線で児見山を指した。

「――そいつを殺せ」

コンクリートの中にいるように空気が固まり凍り付いた。真琴は影塚を見つめた。サングラスのせいで真意は読み取れない。

「そうすれば出してやる。制作に携わりさえすればここで自由に生きていける」

話を聞いていたのか、うーうーと児見山がうなりながら身体をよじらせている。

そんな様を見ながらも、児見山から意識を背けていた。代わりに自身に対しては、焦りで身体が熱く重いと感じる。

返答を間違えば、今度は真琴が縛られるかもしれない。赤枝の絶望が今さらながらわかったが、助かる手段があるだけまだ真琴はましだった。

「正気ですか？　僕の弱みを握るためですか？　僕が逃げられないように」

「程度の低い読みをするな」と、影塚は憤然とした様子だった。

「お前の落ちていくところが見たいのだ。殺人をすることでお前の作品にどんな影響が出るかを量りたいわけではない。影響はあって当然であり、良し悪しで判断できないからな」

自分はとっくに落ちている。伝えたところで、状況が変わるようには思えなかった。

影塚は気怠そうに息を吐きながら言った。

「児見山は後々邪魔になる。わかりやすい動機がほしいなら、それでいいだろう」

真琴が赤枝の死に打算を用いて穏やかさを取り戻したように、影塚もあえて卑近な動機を強調している。

「真琴、お前と秘密を共有したい。誰にも知られないような秘密を」

「もう共有しています。何度あなたに抱かれたと思っているんですか」

「心が通い合っていない。あれは私がお前をおもちゃにしているだけだ。お前は私を惑わす真似はしても進んで私を受け入れてはくれなかった。それが物足りなくなってきた」

「よく言えますね、そんなこと」

仮に同じ銅板を与えられたとしても、個々人の腐蝕や刷り方で最終的な出来は大きく変わる。秘密を共有したところで、心の共有にはならない。そんなこともわからなくなっている影塚に失望した——と考えたところで一瞬呼吸を止めた。だとしたら失望する前は、何かを影塚に望んでいたのだろうか。

大きく瞬きすると、影塚に尋ねた。

「誰にも知られないような秘密って、間宮さんはどうしました？　ここまで一緒に来たのでは？」

「暇をやった。お前たちをここへ運んだ後、ヘリで脱出した。今頃海外に行っている」

「……何泊の？」

「無期限だ」

「……殺したんですか？」

影塚は嘲笑うように口元をにやけさせた。

「考えすぎだ――信じられないか？　本当にあいつは海外旅行に行っているだけだ。ここにいたら邪魔だからな」

「旅行に行っている証拠はありますか？」

「それを求めてどうする？　お前に何の関係がある？　とはいえ――お互い大変だな。証拠のない断定に翻弄されるのが日常だ。だから人と人に信頼関係が求められるし、それでいて初めから――何も信じられることなんてないんだよ」

疲れたように影塚は笑った。

影塚の話を、冷静に聞いている自分がいることに気付いていた。

やはり影塚と真琴は、どこか考えが似ていた。

元々の人間性が近いため共鳴してここまでの関係が続いていたのか、それとも真琴が影塚のような人間に染め上げられたのか。もしくは人間性が近いという真琴の判断が他者から見たら違っているのか――。

結論が出ないまま、真琴は児見山の目と口を縛っていたタオルを取った。

恐怖の表情で目を見開きながら、児見山は真琴を見上げる。赤枝の顔を思い出した。死に脅える人の顔は似るのかもしれない。

児見山は焦った様子で、真琴を見上げている。

「おい、馬鹿なこと考えるなよ。俺を殺して逃げられるわけないからな」

黙って児見山を見下ろした。こんなときに真琴の細い目は、冷酷な印象を与えるのかもしれない。

「からかうようなことを言って悪かったよ。もちろんあんたらの関係については黙っている。だから今後ともさ、ご贔屓にしてくれって。なあ早乙女さん、そんな怖い顔するなって」

影塚の様子を窺うのではなく、単純に疑問に思って聞き返した。

「そんなに僕は怖い顔をしていますか？　そう見えるだけではないですか？」

顔を引きつらせながら、児見山は必死で作り笑顔をしている。

「だっていつもはにこやかにしていて、真面目《まじめ》な早乙女さんじゃないか。かっこよかったぜ展覧会のポスターも」

歯の浮くようなおべんちゃらだ。よくそんなことを言える。両手で髪をかき上げた。目にかかっていた髪が払われ、同時に鬱屈《うっくつ》した感覚が晴れた気になる。

真琴は履いていた黒のエナメルシューズのつま先で、児見山の鼻先を蹴った。鈍い衝撃。はじけるように飛び散る鼻血。手足を縛られた児見山は拭うこともできず、その場を転げ回る。

「いてー、何すんだ。落ち着けって」

冷静に自身の行動を振り返る。なぜ簡単に蹴れたのだろう。

影塚からこの男を殺すよう命じられているからか、こいつが影塚と真琴の関係を明るみに出そうとしているからか、この期に及んでへらへら助かろうとしているからか。それらの要素のうちどれか一つでもなかったら、蹴るほどの悪意は生じなかったのだろうか。児見山という人間を構成する要素を一枚一枚剝いで確認し、納得した上で蹴ったのだろうか――。

いつの間にか真琴は笑みを浮かべていた。正当な理由があって浮かべているのだった。もちろん逆の立場だったら、児見山は真琴を嘲笑う資格がある。こうして人は誰かを見下して生きるのだ。赤枝が死んだときにその予感は確信に変わっていた。そして運命という本当は存在しない概念が、こうして少しずつ答え合わせをしてくれる。

「馬鹿なこと考えるなって。おい」

影塚のほうを向いた。真剣な眼差しでこちらを見ている。

「お前、殺人なんて何考えているんだよ。場の空気で頭おかしくなっているだけだろ。冷静に考えろ。一生逃げ回る日々が続くんだぞ」

真琴の白く細い指が児見山の首に掛かる。脂汗でぬるっとしていて、うまく絞められるか心配になった。

目を見開いて児見山は真琴を見つめ、肩で息をしながらもう一度許しを請うた。

「やめてくれ。絶対に逃げられないぞ。捕まるだけだ」

「僕もそう思います」

射貫《いぬ》くような冷たい目になっているのが自分でもわかった。

影塚が静かに言葉を放つ。

「そいつを殺さなければ、お前とそいつ二人で野垂れ死にだ。よく考えろ」

返答次第で死ぬのだという恐怖はあった。

最近赤枝の死体を目の当たりにしたばかりなのに、こんなにも恐ろしい。だからこの先何人もの死を知ったとしても、いざ自分が死に直面したら、今と同じように恐ろしさに満ちるのだ。そう考えると、自分の死を思うにおいて他人の死など何の参考にもならないし意味も持たない。だから自分の死より他人の生を優先させる理由など何一つない。しかし——。

いつでも最悪の事態は想定できていたはずなのに、いざとなると逡巡するのは、そういう事態が来ないのが一番の理想だからだろう。残念ではあるが、人の想定する最悪などたかが知れているらしい。

「——早くしろ！」

空気を震わせるような影塚の怒鳴り声が、狭い部屋に響く。

肌がしびれるような感覚が、真琴に覚悟を決めさせた。

「すまない。死んでください」

もう一度児見山の首に手をかけた。数々の銅版画を制作してきた手である以上に、知らない人を殺し、また影塚の愛撫を受け入れてきた手だった。児見山の首がやけに温かい。そこに静かに力を入れていく。児見山の鼓動が指を伝って真琴の全身に刻まれていく。

「た、助け……」

壊れたリコーダーのような、すかすかの音。その中に、言葉と思しき音が混じる。

児見山は失禁しながら暴れている。馬乗りになり首を絞めた。なくなりかけたチューブから歯磨き粉を絞り出すときのように、涙と唾が体内から外に漏れ出てくる。

全身を小刻みに震わせ、白目を剝く児見山。こめかみに血管が浮いている。日焼けのせいではないだろうが、鬱血した顔色の違いはわからない。

真琴は目を閉じた。より強く首を絞められている気がした。

何か聞こえる。何を言っているかわからない。何も言っていないのと同じだろう。

児見山の状況をなぞるように、なぜか息を止める。

めまいのするような息苦しさが続く。そして——。

堪えきれず大きく息を吐き、目を開けた。

児見山はおとなしくなっていた。まったく動かない。目をひん剝いてだらしなく口を開いている。

児見山のジャケットの袖で、手に付いた涙と唾を拭う。

たった今死んだ人間の分泌物かと思うと不思議な気分だった。

真琴は全身から立ちのぼるような汗のにおいを放っていた。やけに粘度のある汗をかいている気がした。首を絞める感触が手にこびりついて離れない。

「それでいい」

そううなずくものの、喜んだ様子を顔に出さない影塚が少し不満だった。

もし赤枝を監禁していなかったら、もし赤枝が死んでいなかったら、もっと葛藤《かっとう》していたのだろうか。だとしたら赤枝は死んでよかったのだ——少なくとも、真琴にとっては。

今さらながら、知らない相手を石で殴りつけることにあまり意味はないのだと思った。

しかし動機や理由の妥当性は、後からどうにでも変わるのだろう。それは理想を追い求めるのとどこか似ている。

「これからどうするんですか。あなたのためだけに制作を続ければいいのか」

影塚は児見山の死体を見つめていた。目をしばたかせているところからすると、よく見えていないのかもしれない。

「ああ。私のためだけに描くんだ」

「あなたが死んだらどうするんですか？」

「後は好きにするがいい」

「スマートフォンを奪えば、僕をここに閉じ込める脅迫材料はなくなるのでは？」

「どうだろうな」

「奪えますよ、あなたからなら」

「奪っただけでどうにかなると思うか？」

どことなく投げやりなその返答で、影塚は先のことなど何も考えていないのだと確信した。

そして影塚に納得してしまった。知らない人間を石で殴りつけるという通り魔事件を起こしたとき、真琴も先のことは何も考えていない。

銅版画家としてのキャリアを順調に築けているそれと同時に、犯罪者としてとことん墜《お》ちていく。基点は赤枝を監禁したときか、通り魔を始めたときか。いやもっと遠い過去、影塚に身体を許したときか、父親に虐待されたときか――。

児見山の死体は少し離れた山中に埋めた。死体の運搬にやけに慣れているように見えて驚かれたが、他意があったかどうかは知らない。


こうして二人だけの生活が始まった。

視力の悪化による気疲れか、影塚はみるみる老いていき、身体のあちこちを悪くしていった。杖《つえ》をついて歩くのもつらいらしく、元々用意していたのか車椅子に乗り始めていた。

影塚は普段、静かに外の景色を眺めていることが多くなった。建物を出て少し丘を登ると高台に着く。天気が良ければ朝日が昇ってくるのを見ることができる。影塚は一人でそこを見ているようだった。歩行ができないわけではないので、真琴が車椅子を後ろから押すことはほとんどない。

食事は十分にあるらしいが、それも絶えたらどうするのだろう。餓死しかないのか、山を下りるのか。訊いてもはぐらかされるのは、おそらく影塚自身もよくわかっていないのだろう。

身体も今までどおり求めてくる。真琴のアヌスに指を入れるのに失敗したり、入れた後の指の動きが下手で思わず声を上げたりすることが増えた。視力のせいかもしれない。ただやっていることは何年も何も変わらない。真琴の身体という身体を味わい尽くしているだけだ。

昔、デリヘル嬢が話してくれたことがある。会社や家族、恋人間などで問題があったときに、風俗に足繁く通い、性に逃げる男が一定数いるらしい。そしてそんな男は、いざというときに全て投げ出す弱い男であるらしい。そのデリヘル嬢の価値観が正しいかどうかは知らないが、影塚を見ていてその話を思い出した。

変わらない影塚がうらやましかった。そして影塚の目に映る、他人としての真琴自身のこともうらやましかった。

制作しなくなったらどうするのかわからないが、真琴は自然と手を動かしていた。

銅版画制作の道具はそろっている。普段なら道具が並んでいたら気持ちが湧くものだが、この状況では道具一つ一つが労働を強制する監視役にしか見えなかった。

外界との連絡手段は本当になかった。赤枝が消えたように、自分も今頃騒がれているのだろうかと思いを馳せた。

食事のとき、影塚に訊いてみた。

「こんな生活いつまでも続くわけないですよ」

「理想とは一時的で局地的な概念だ」

「二人とも野垂れ死にするのを望んでいるのですか」

影塚はいつまでも答えなかったし、真琴も答えを待たなかった。

13

そして淡々と一ヵ月の時が経った。

ただ影塚のために銅版画を制作し続ける日々に空しさがある。人は他人を腐蝕させていき、だが結果はどうなるかわからない。そんな世界の法則を思い知るために銅版画制作を続けていた。つまり内面と向き合うことが目的だったはずなのだが、こうして影塚のためだけに制作を続ける毎日が続くと、工程の一つ一つに意味を感じなくなってくる。世俗的な欲を完全に忌避することは難しい。

バットに硝酸を入れて銅板を腐蝕していると、アトリエのドアが開く音がして、サングラスをかけて車椅子に乗った影塚が中に入ってくる。かつてのように入室を遠慮することはなくなった。真琴の制作風景を見て、何も言わずに出ていくこともあれば、簡単に助言をしていくこともある。視力は悪くなっているようで、制作物や真琴自身にかなり目を近付けることが多い。

　ここ数日は風景画や抽象画などいろいろ制作してきたが、影塚からは何の言葉もなかった。影塚はテーブルに置いてあるスケッチ帳を手に取り、中に描かれたデッサンに目をやった。ちょうど今腐蝕している銅板のデッサンで、真琴の描く三枚目の自画像だった。初めて制作した自画像にデザインは似ており、真琴の容貌に近付けて銅板を彫っている。赤枝を死なせた自分、影塚に監禁されている自分はどんな顔をしているのか、ふと銅板に線を入れてみたくなったのだった。

「今はこれを腐蝕しているのか？」

　真琴は小さくうなずいた。しかし影塚はそれに応じず、じっとデッサンを見つめていた。室内に漂う静けさは、冷たく張り詰めた糸のように緊張感を孕んでいる。やがて影塚はゆっくりと手を伸ばし、鋭い光を帯びたニードルを手に取った。まるで神聖な儀式でも始めるかのようだった。珍しく制作でもする気になったのかと思いきや次の瞬間――。

　真琴はテーブルに右手をついていた。

　影塚は躊躇なくニードルを、真琴のその右手に深く突き立てた。

　鋭い痛みと冷や汗を伴う恐怖が、真琴の全身を貫いた。身体が絞り上げられるように硬直し、驚愕の声さえ喉の奥でかき消される。瞬時に勢いよく血が吹き出し、木製のテーブルや銅板の冷たい表面にかかった。鮮血は生々しく光を照り返し、この異様な光景をさらに痛々しく際立たせた。

とっさに真琴は指を引き、「何をするんですか」と影塚を見据えて叫んだ。

なぜこんなことを、と考えた自身に気付かされた。影塚は直接的に制作の妨げとなるようなことはしないだろう、そう思っていたのだ。その点においては、なぜか影塚を信じ切っていた。アトリエに入ってくるようになった時点で疑うべきだった。

「くだらない。才能の無駄遣いだな」

心当たりがないだけに言い訳ができない。児見山を殺し影塚と二人で暮らし始めたことに不満や不安はあるが、それが制作の出来に直結しているのかどうか、真琴自身はわからない。露骨に手を抜くわけでもなく、ここを出られることを夢見て熱心に取り組んだわけでもない、ただ今の自分を描いたつもりだった。しかし影塚は気にくわないらしい。

「世間の注目を集めてちやほやされすぎたか？　お前をそんなタレント芸術家にさせる気はなかったし、そもそも無理な話だ。お前を愛せるのは私だけだろう」

影塚は血が飛び散ったデッサンを手に取る。

「小賢《こざか》しい。以前の自画像と違い、コンセプトに囚われすぎている。無理して解釈の余地を作ろうとする魂胆が見え見えだ。お前が打算を強調して深みを持たせる愚策を使うような人間だとは思わなかった。余計なことを考えるな」

右手から流れる血をそばにあった寒冷紗で押さえながら、真琴は影塚をにらみつける。

「真琴、お前は今の環境を銅版画に落とし込むナルシズムに陶酔しすぎだ。必ずしも世俗的であることを否定はしないが、鑑賞者に解釈を委ねる指向が鼻につく時点で、それはお前がどう思おうとただの手抜きだ」

この期に及んでも見透かされた気分だった。芸術に対する審美眼が失われていない影塚に畏《おそ》れを抱いた。実質監禁されているような今の状態で、影塚に畏れを抱くことは危うい。関係が洗脳めいた方向に進みそうに思えた。

影塚の話は続いた。珍しく興奮気味で早口になっていた。

「解釈などお前が考えることではない。何を感じるかは鑑賞者の自由で、制作者の意思は蹂躙《じゅうりん》されることが前提だ。言語でないことをいいことに、みじめったらしく絵で語るな。お前には才能があるのだから——もしかしてお前自身が、銅版画に必要以上に意味を持たせていないか？　作品を意味や概念の奴隷にするな」

影塚の言葉に、刺された手の痛みが頭まで駆け上がってくるような衝撃を受けた。

銅板を腐蝕させて絵を描く。しかし無数の条件をコントロールすることは難しく、絵の仕上がりは神の采配《さいはい》次第。

そんな銅版画制作、とりわけエッチングに自身の歪《いびつ》な人生観を重ねていた。人は人を腐蝕させて生きるから、いつどこでどんな結果が起きるか想像できない。

だから適当な相手を石で殴りつけたし、赤枝を監禁した。赤枝が死ぬとは思っていなかった。殺すつもりはなかったが、助ける心づもりもなかった。ただ赤枝が死ぬかどうかというところまで思考は巡らせなかった。石で殴った何人かはその後どうなっているかは知らない。

真琴は俯いてたたずむしかできなかった。

そのとき、硝酸に銅板が入っていること——腐蝕中であることに影塚が気付いた。

「何を黙っている。それ、引き上げたらどうだ」

言われたとおり銅板を引き上げる。

影塚はそれを見つめる。真琴もまた硝酸をまとってぬめったように光る、その銅板を眺めていた。

以前描いた『自画像』とは違い、今回は真琴を写実的に描いたつもりだった。それらが全て台無しになっていた。

腐蝕のしすぎにより線は太く刻まれ、ナイフで乱暴に切りつけたような粗さがある。目鼻口、輪郭《りんかく》は不気味に崩れ、真琴の顔は化け物のように変貌している。そしてどこか見る者に嫌悪感を抱かせる一番の原因は、線にまとわりつく泡《あわ》だった。硝酸で腐蝕すると、ニードルを入れた腐蝕部分にぽつぽつと気泡ができる。硝酸に銅を浸けると酸化窒素の気泡が発生するためで、塩化第二鉄で腐蝕した際にはこの泡は出ない。気泡は次々と発生するため、そのままにしているとむらやぽつぽつになってしまう。そのため腐蝕中、筆などを使って泡を取り除いてやる必要がある。自分のイメージに近いので真琴は硝酸で腐蝕するが、この点だけはわずらわしくて好きではなかった。

影塚との会話で泡を取り除くことができず、そのまま腐蝕された銅板はぽつぽつを線にまとわせて、銅板の真琴は奇怪な皮膚病にかかったようだった。嫌悪感を抱いたら罪悪感に繋がりそうな、はたまた銅板を破壊したくなる嗜虐《しぎゃく》性を引き起こしそうな、そんな不気味な銅板だった。

さらに腐蝕のしすぎにより銅板にはところどころに穴が空き、真琴の顔をあちこち崩している。真琴の思惑とはだいぶ違った結果だった。しかし──。

「真琴、これを刷ってみるか」

影塚の提案に、迷わずうなずいた。この銅版をプレス機にかければ、思いがけない作品になると直感的に思った。通じ合ってしまったことには反吐が出るが、影塚も同感なのだろう。

インクを詰めた銅版を、ベッドプレートに置き、その上に水で湿らした紙を置く。指を怪我して手こずっていると、視力が覚束ないながらも影塚が手助けをした。長年一緒にいるが、久しぶりのことだった。影塚と出会い、指導を受け続けた日々を懐かしく思い出している。

プレス機が回り、印刷された紙が出てきた。裏返したらそこに表れているのは──。

影塚は紙に顔を近付けると、「これは素晴らしい。真っ当な目で見たい」と残念そうにつぶやいた。

「過ぎた腐蝕が弱点をカバーしている」

思わぬ結果に躊躇いはあるものの、影塚も認めざるを得ないようだった。

影塚に話を遮られるかもしれないと思いつつ、「この絵は――」と、真琴は説明を始めた。

「前に作った自画像が道具や技法により他者の視点と消えていく自我を表現したので、この自画像は、腐蝕によりそれを表現するつもりでした。そのため腐蝕でぐちゃぐちゃになるのは前提で、銅板には僕を写実的に描いたのです。腐蝕時間を調整して存在が曖昧な自画像になるようにしたつもりでした。とはいえもっと落ち着いた出来をイメージしていましたが。仕上がりは神の采配に任せるつもりでしたが、思わぬ横やりを入れたあなたのおかげで、最良の結果を得られたようですね。二度とこの絵はできない気がします。ありがとうございます」

影塚との会話が思わぬ結果を招いたのだった。

「自我なんて消えてしまえばいい。それがいい。そうあるべきです――」

他人を腐蝕させる世界を提示したいなら、まず自分が腐蝕されるべきだった。誰もが別の誰かにとっては他人であるなら、主体としての自分より客体としての自分が中心でいるべきだった。だからみな腐らされる。

右手を押さえる。集中するあまり消えていた痛みが甦っていた。

「だから僕はこの絵を見た全員が、この絵を軽視することを望みます。それがこの絵の意図です。醜い絵になってよかったです」

影塚は血走った目で真琴を見ると、それから気が抜けたようにうなだれた。

「わからない、わからない。神が全てを決めるなら、人の全ては無為でしかないではないか。私が何かを理解していたことなど、初めからただの一秒もなかったのか」

影塚はその場に座り込んだ。強い痛みとともに手がうずき始め、真琴は手を押さえていた。

「神なんてただの言葉ですよ。あなたが納得したいからって、現状の妥当性を確保したいからって、調子よく神に救いを求めないでください。でも――あなたとの語らいが、期せずして理想的な銅版画の仕上がりにつながりました。あなたは人でなしですが、本当に芸術に関してはそつがないですね」

同様に人でなしの真琴は影塚を見下ろす。

二人とも駄目になる予感がしていた。


さらに一ヵ月が経った。窓の外では葉を落とした木々が、冷たくなってきた風にざわめく。惰性と不安の日々の中で、何かをする気もなく、ただ時間だけが遠のいていた。季節は確かに移ろっていた。

真琴の銅版画制作は再開されない。怪我は思った以上に深く、包帯が取れないことや指に違和感が残っていることもあって、そっちに気を取られてイメージを表出させるのが難しくなっていた。

影塚もすっかり生気を失い、何が楽しいのか外を眺めて静かに一日を過ごすことが多くなった。視力が落ちている様子はわかった。

いつのまにか真琴の身体を求めることもなくなった。

ある朝、影塚が車椅子に座りアトリエにやってきた。

いつものように何も言わずに室内を回っているが、一つ一つ手にとってなぞっている。

「この銅版は印刷しないのか」

そう言って影塚は、インクが付いていない銅版をなぞる。真琴はその問いに呆れ返った。

「それ、試し刷り用の銅版ですよ。見てわからないんですか」

道具や技法のチェックで使っている銅版であることを、これまでの影塚だったら気付かないわけがなかった。視力がますます落ちているのだ。

「影塚さん、その様で銅版画のことなんてわかるんですか」

真琴は今制作している風景画の銅板を、影塚の手に持たせた。

「もうすぐ銅版が完成するというところで、あなたに怪我をさせられてストップしていたものです。どうですかこれ。もう少し手を加えて印刷したらうまくいきそうですか」

影塚がわからないことを理解したうえで訊いた。この皮肉に影塚が心を痛めればいいと思った。

返事のない影塚に苛立ち、「答えろよ」と声を荒らげた。

だが何も言わずに涙を流している影塚を見たら、馬鹿馬鹿しくてどうでもよくなった。

そして真琴より先に、影塚のほうが駄目になった。

14

「もうだいぶ見えなくなってきた。高台に連れていってくれ。綺麗な朝焼けが見える」

真琴は影塚の車椅子を押して高台へやってきた。いつの間にか最近、こうすることが増えていた。

空と山が綺麗に分断され、延々と続く山々を見下ろすことができる。生い茂った葉をたやした木々は徐々にやせていき、風も涼しくなってきた。秋が深まり冬が近付いてきている。

「綺麗な赤だな」と、空を見て影塚はつぶやく。

車いすの横に立ち、真琴は「そうですか」と機械的に答える。

すると影塚は「お前にはわからないか。言うなればこれもクオリアかもな」と寂しげに微笑んだ。

クオリアは人が主観的に感じる質感のことで、今のように赤い空を見たときの赤さなどが該当する。同じ客体でも、人によって感じ方が異なるという私秘性がある。

「自分が見ている赤と他人が見ている赤が同じかどうか、確認する手段はない。だがそこに綺麗という価値判断を加えれば、仮に互いに見ている赤が違っても思いを共有した気になれる——色に限らず、全てそんなものだと思わないか？　本当は何一つわかり合えていないかもしれないにな。人はそれが悩ましくて各々の主観を正当化するために、互いに評価を押し付け合う」

「それは美術品についても当てはまりますか」

　真琴の問いに、影塚は苦笑しながらうなずく。

「そうだな。美術品など良し悪しが人によって大きく異なるしその基準も曖昧だ。というより、ない。だから私のように肩書きで説得力を持たせたり、作品にまつわる物語を強調したりして、評価を互いに押し付け合うことになる、本質なんて誰も見抜いてない――いや、本質なんてない。そして人は自分の正当性を押し付けるためなら何でもする。嘘も脅迫も誇張何でもありだ。元々は一人で鑑賞して一人で楽しめばそれでいいはずだったのにな。私だってそうだった。幼い頃、大好きな絵を何時間も眺めてな――」

「嘘や脅迫、誇張の他にも、他人を貶めるという手法もありますね」

　言葉を挟んで話を止めた。影塚のノスタルジーに付き合う気はなかった。

「そうだな。真琴――悪かったな」

　ぼそっと影塚が言った。かすかに声が震えていた。自分で自分の全てを否定しておいて、誰かにすがりつきたくなったのだろう。

「くだらないですね」と、吐き捨てるように返答する。影塚に顔を向けることはせず、眼前の雄大な景色から目を離すことはない。他人を貶めてきた真琴らしい反応だった。

「何があなたの頭に去来しているのです？　朝焼けに絆《ほだ》されてロマンチシズムにでも浸っているのですか？」

影塚はそれを聞くと、うなだれたようにうなずいた。

己の欲望に忠実に動くことで、理想の絵を描いてきた人物なのだ。そこに対する受容心や下手すれば誇りのようなものもあったのだろう。

そのときだった。

影塚の携帯電話が鳴った。「アラーム消し忘れたか」と影塚は取り出し、そのまま手に持った。

どこか呑気な言い方に苛立ち、真琴は影塚に告げた。

「今僕があなたをここから突き落とせば、逃げられますね。性的暴行、殺人強要、監禁。あなたへの恨みは限りない――感謝を吹き飛ばすほどに」

「晴らすか、恨みを。お前が本当に恨んでいるのは世間だというのに」

まるで視力が戻ったかのように、影塚は真琴を睨み付けた。久しぶりにこの鋭い目線を見た。

「私がお前を拾わなかったら、お前は一生、世の中を恨んで生きていくしかできなかった。銅版画の才能も誰にも見つかることなく、ただの一美術部員で終わったことだろう」

図星なだけに言葉が出てこない。

「わかるか？　お前は私と生きていくしかないのだ。ずっとそうだったのだ。気の毒な境遇に同情はする。だから私と復讐《ふくしゅう》していけばいい」

影塚は崖の際まで車椅子を動かすと、こちらを振り返った。

「私を突き落とすか、このまま戻るか決めろ」

「僕を逃がさないつもりじゃなかったんですか」

影塚は答えずに、含み笑いをした。

風が騒ぐ。ただの会話だったが、真の絶望が訪れた気がした。

周囲を腐蝕させて、どんな仕上がりの絵になるかはわからない。

そんな銅版画の工程を自身の人生観の比喩《ひゆ》にしていた。

それを生きる糧にすることは、銅版画に理想を描く作業だった。

理想に合わせて人を腐蝕させる。他人に対する想像力など不要。本質的に人と人は分かり合えない。

腐蝕させた世界が、真琴の理想の世界のはずだった。

しかしどう腐蝕させるかという願望は、裏返せばどこを活かすかという願望だ。それでは真琴の理想の世界とは――。

それを指摘した影塚が途端に憎らしくなってきた。そんな影塚に身体を捧げていたことも、今生きているのは影塚の力添えあってのことだということも、何もかも気に入らなかった。

影塚はスマホの写真を出した。

それは影塚と出会った日、真琴が展示していた檸檬の銅版画だった。

今となっては下手くそな絵だが、当時はほめられてうれしかった。

「誰もが理想を描いて生きているんだよ」

影塚の目は優しかった。いや、単に優しく見えただけだ。

そのとき、風が吹いたせいか単に手をすべらしたのか、影塚のスマートフォンが地面に落ちた。

とっさに影塚が前屈みになって、身を乗り出そうとして――。

胴で肘《ひじ》置きの箇所にあるスティックを圧迫したらしい。スティックは折れて、車椅子は崖に向かって前進していく。

影塚はパニックで背もたれにしがみついている。

「真琴、背中に緊急停止ボタンがある。目立つ黄色いボタンがあるだろ。それを押せ――」

車椅子の背の部分に目をやる。白っぽいボタンならいろいろ並んでいるが、どれが黄色いのだろう。

あの日、嘔吐物まみれのドアノブに触れるのをためらったように逡巡する。

しかしあのときとは違う。ボタンは探せなかった。

影塚も焦って失念しているようだ。

黄色と言われても真琴にはわからない。

母が事故死した際、意識を失い地面に強く頭を打ち付けたことで、真琴は外傷性の色覚異常を発症した。以来ずっとモノクロの視界で生きている。

私服は自然とモノトーンだらけになり、銅版画家としては多色刷りは叶わず単色刷りしかできないものの、生活に大きな支障はない。運転免許も取れた。

たとえ明暗差や位置から信号の赤・黄・青を判断できても、真琴のように色の判別がつかない場合、石原式色覚検査などの色覚検査をパスできないので、免許取得は困難となる。

どうしても自動車を運転したかった真琴は、色覚検査の基準が比較的緩い原付免許を最初に取得することで、普通自動車免許取得時の再検査をパスしようとした。しかしその試みは失敗に終わる。あらためて検査を求められてしまったのだ。

だが影塚の協力で事なきを得た。影塚お抱えの眼科医に、運転にあたって問題なしとする診断書を書いてもらい、それを免許センターに提出。その後の実技試験も問題なく通り、真琴は普通自動車の運転免許を取得した。ただし色覚異常はやはりハンデとなるので、常に安全運転を意識する必要はあった。

――ボタンを押すことを諦めて車椅子を捕まえようとしたが、影塚に怪我させられた指ではとっさにつかめない。

がくんと大きく傾くと、影塚は車椅子ごと、崖の下へと転落していった。

駆け寄ると影塚は真琴を見上げていた。その目は大きく開いていた。

木々に視界を阻《はば》まれ影塚は見えなくなった。地面への衝突音も聞こえないほど下へ落ちていった。

崖に立ち、真琴は愕然《がくぜん》として下を見下ろす。

純粋に銅版画の手ほどきを受けた日々を思い出す。

あの日々が真琴を銅版画家の道に進めて、今日この日まで真琴を生かしてきたのは間違いない。

影塚と出会う前に、すでに真琴は色覚異常を発症していた。そしてその異常のせいで、今影塚を救うことができなかった。影塚という存在は確かに身体に刻まれているのに、初めから何もなかったのだと思えた。

「自業自得だ。散々ひどいことしてきただろ――」

目の奥に涙がたまっているのがわかるが、溢れることはなかった。

地面に影塚のスマートフォンが落ちている。ロックは解除されていた。すかさず手に取ると、真琴の指紋を登録した。

真琴の殺人の動画はあった。だがどこかにアップロードした形跡はない。

DVDもろくに再生できない、機械音痴の影塚に凝ったことができるとは思えない。はったりだったのだ。

影塚から逃れられるのに、ひどく空しい気分になった。

灰色の太陽が真琴を鈍い光で照らし祝福していた。

それは灰色であるが故に、まるで銅版画に描かれた太陽のようだった。

真琴は自分がずっと前から、銅板に彫られた人物にすぎないように思っていた。

銅版画は過去も現在も、縦横無尽に行き来して自在に腐蝕させていく芸術だ。

何もかも失う方向に進んでいったのは自分の意思だった。初めは恐怖や後ろめたさもあったかもしれない。しかし今はそれも思い出せないほど、全てを腐蝕させ、全てを失う日々は続いていた。真琴が抱けるのは、『理想の世界に目を背けて生きる』という理想しかない。

これからも失っていくのだろう。

あの日、宇治川と袂《たもと》を分かつことになったように——。

15

影塚に捕まる前、最後に宇治川と会った喫茶店で——。

真琴は突然立ち上がり、言語化の本を手に取った宇治川をにらみつけていた。大きく肩で息をして歯ぎしりもしている。これほど感情を露わにすることはめったになかった。

「どうしたんだよ」

宇治川は困惑している。そんな顔になるのも仕方ない。

「何だよ言語化って偉そうに」

「偉そうって……何がだよ。とにかく落ち着け。座れ」

宇治川に促され再度座った。気のせいだろうが、店内の雑音が少し大きくなったように感じる。

宇治川を睨み付けながら、真琴の言葉は止まらなかった。

「お前の考えは言語化さえできれば必ず価値があるのか？　そんなに尊い考えなのか？　どうしてそんなに自信があるんだ？」

手を強く握りしめていた。問いかけが止まらなかった。

「今の自分を表現するのにぴったりな言葉がほしいのか？　嬉しいとか悲しいとか、単に言語化したいだけならシンプルな言葉でいいだろ。どうしてレンブラントからの引用とか、気取った言葉でなければならない？　本当に必要なのか？　自分の繊細な人間性を表現するには磨き上げられた言葉でないと駄目だって、高尚な人間性を気取りたいだけじゃないのか？　高尚じゃない人間性を備えた僕みたいな人間は無様か？　それに言語化と言うけれど、単に甘えさせてくれる、優しい言葉を求めているだけじゃないのか？　それなのに『言語化』って、あたかも自分の中から言葉を生み出したかのような言い方するなよ。言葉に甘える、言葉に甘えるなんてダサいよな。かっこ悪いよな。でもみんなそうしているんだからいいだろ。言語化なんて言葉を使って張りぼての威厳《いげん》を保とうとするな。ポスチュマス・プリントと一緒だよ。借り物の銅板にインクを詰めて印刷しただけで、一から何かを生み出したのだと自惚れるな」

宇治川は大事そうに本を手に持ったまま、真琴を見つめている。

「言語化することは多様な解釈、多様な選択肢を狭めることになる。なのにたまに、言語化すること自体に思い悩むやつがいるんだよ。今さら何だよ調子のいい。うまく言語化できるか悩んでいるんじゃなくて、お前らは解釈を制限した責任を負うのが怖いから、悩んでいるふりをするだけだ。責任を持てないなら堂々とそれを公言すればいいだろ。悩んでいるふりをして誰に免罪を求めているんだ。お前自身にだろ。自分が導いた正解を大事に抱え上げ他人に押しつけ、その他の解釈を拒む。それが言語化だろう。悩むポーズを取ったり美しい言葉で自身に言語化を要求したり、高尚な人間性をアピールしてマウント取ってきやがって。どうせお前も僕を馬鹿にしているんだろ。お前みたいな心の広い金持ちなんて、人生に余裕があるから不干渉の不感症でも生きていけるだけだ」

「待て、早乙女。俺にはそんなつもりは――」

この期に及んでまだ戸惑うだけの宇治川が気に入らない。

「お前がそうでも僕にはそう思えるんだよ」

自身でもわかっていた。これは報いだった。

腐蝕が徐々に進むように、誰彼構わず真琴は腐蝕させ始めているのだ。

宇治川の人間性に申し分はなかった。しかしそのことが、申し分のある人間――つまりはこの世のその他大勢の人間――に対する侮蔑に向かないわけがない。そんな独善的な発想に至り、真琴は我慢ならなかった。つまり宇治川ほどの人間なら人を侮辱して当然だから、そういう態度であってほしかったのだった。

「言語化には理想化が付随するんだ。お前は言語化により、理想とはほど遠い人やものを遠慮なく軽蔑している。それがお前の理想の世界なんだ」

飛躍した異常な思考であることは前提で、もはや真琴にとって宇治川は腐蝕すべき人物だった。

「だいたいお前のいう言語化が叶ったとして、もし言語化さえできればうまくいくという考えも醜い。何だよそれ、お前の思いは初めから素晴らしいという前提で成り立っているじゃないか。うらやましいよ、高尚な人間性で」

宇治川はそれでも心配そうに真琴を見つめている。

どこまでも隙を見せない。それは隙がないからだろう。

「二度と見せるな、その顔を。僕みたいな人間と席をともにするのも、本当は内心嫌がっているんじゃないのか？　こんなのと連れだと思われたくないってよ」

宇治川は小さく息を吐くと、真琴に顔を近付けた。

「早乙女、お前、ちょっと休め」

「申し訳程度に同情しやがって。ちなみに一つだけ言っておく。お前の言っていたレンブラントの名言だっていう言葉あっただろ？『偉大なる人々にとって、誠実さは結局のところ自己欺瞞にすぎない』だったか。あれな、よく調べたらレンブラントの言葉だという証拠はなかったぞ。誰かが適当に流した嘘があちこちに広まっていつの間にか真実になった。典型的なデマの広がり方だ」

それを聞いた宇治川は、かすかに目を伏せた。

「……そうなんだ。それは恥ずかしいことをしてしまった。次回のコラムにお詫びを入れないとな。教えてくれてありがとう」

素直に非を認めて謝ってほしくなかった。取り乱して後悔してほしかった。

仕方なく真琴は、子どものように宇治川を責め立てる。

「お前みたいな性格いい金持ちでも、間違うことあるんだな。あれはレンブラントじゃありませーん。言語化大失敗でーす。ばーか、ばーか……」

どんなに侮辱しても宇治川は真琴を責めることはしなかった。余計に空しくなった。

「早乙女、お前疲れすぎだよ。大変なプレッシャーの中で生きているから疲れているんだよ」

涙が溢れそうになったが、出なかった。だから「うるさいんだよ偽善者。理想を持つのは勝手だがその理想を他人に押し付けるな」と、暴言を吐けた。

投げ捨てるように、一人分のコーヒー代を置いて席を立った。「本当に休めよ」と背中に言葉が投げられた。

16

真琴は息を切らし、足元の小石を蹴散らしながら下山していた。

振り返れば影塚邸が燃えている。黒煙が空高く立ち昇り、真琴のところまで焦げたにおいが漂ってきている。

児見山の死体が見つかったら、影塚が疑われるだろう。しかし影塚の死体は決して見つからないだろう――本当だろうか。重大な決断を迫られる局面が多すぎて、自身の判断が安直なのか慎重なのか、とても全てには向き合えない。

道の傍らの木々が思い思いに揺れている。知らず知らずのうちに、安直な判断をしていることもあるのだろう。真琴は唇を噛んだ。かすかに皮膚が破れた。

警察に事情聴取を求められたら、監禁されていたと伝えるつもりだった。影塚との関係も包み隠さず明かす。

美術評論家に身体を捧げながら、理想の絵を描くために耐えてきた男――そんなわかりやすいシナリオを世間に提示する。

真琴は同情され、共感され、信用される。勘のいい少数派の声は冷笑とともに闇に追いやられる。そうしている間に、赤枝のことも忘れられているだろう。世間の記憶は脆い。

気づけば早足になっていた。山道を駆け下り、靴裏が地面を叩く音が響く。やけに小気味よく爽やかな音で、胸の奥に奇妙な高揚感があった。これからの自分に期待が持てた。

銅版画制作と人の在り方を重ねてきた。

それが正解になった気がしていた。

喉の奥から湧き上がるような笑みが止められない。不思議と疲れは感じない。ただ幸福感とともに訪れる過呼吸で苦しかった。息を整えようにも、あまりに大きな期待と興奮で呼吸は荒れる一方だった。

麓《ふもと》の景色が近づいてきた。山裾《やますそ》には小さな民家が一軒だけぽつんと建っている。瓦屋根の向こうに、小さな畑が広がっているのが見えた。いつの間にか、真琴はその畑に足を踏み入れていた。葡萄《ぶどう》の蔓が風に揺れ、薄紫の実がいくつも垂れ下がっている。その時だった。

「ひっ、化け物」

声のした方を向くと、老いた男が立っていた。腰を引きながら後ずさっている。真琴を巨大な猿か何かと見間違えのだろうか。口元は震え、皺だらけの顔が恐怖に歪んでいる。

「ふざけんなよ、誰が化け物だ」

真琴は男に向かって歩み寄る。その手には何のためらいもなく力がこもり、慣れた手つきで頭部を殴りつけた。鈍い音が鳴り、男は地面に崩れ落ちる。

「どうしました、お父さん」

民家の中から女の声が響いた。真琴はとっさにその場を離れた。土を踏みしめる足音を背中で受ける。やがて悲鳴が上がった。

真琴は振り返ることなく走り続ける。冷たい風が頬を刺すように吹き付けた。葡萄の実がやけに印象に残る。硝酸で腐蝕した際に出る気泡を思い出したからだった。

気泡を取り除く作業をしているとき、いつも真琴は思っていた。

各工程が帯びる不確定性に抗うように、剝き出しの感情をぶつけて一枚の銅版画ができあがるなら、次々に発生してむらやぽつぽつとなり、線をぼやけさせ輪郭を曖昧にする気泡は、他者の目線の象徴ではないか。

主観的に恣意《しい》的に、押しつけがましいほどの感情で自分を語りたいのなら、そこに他者の目線は不要となる。しかしわずかでも社会性のある生活を送っているのなら、どんなに孤独を装おうとも必ず他者の目線に触れる。時間的に関係性的に、思いを交わし合う程度に差はあれど。あまりにも他者は煩わしくて、結果として自分一人だけで自分一人のことを語ろうとする行為は思い上がりとなる。

本意ではなかったとしても、誰もが誰かに意識されている。

それを忘れるなという戒めの意味が、煩わしい気泡には含まれている気がする。

だから真琴はそれを取り除かなければならなかった。傲慢に。

自在に腐蝕させて思いどおりの世界を描くのに、気泡——他者の目線は邪魔でしかない。

足が疲れて棒のように固くなっている。

夫婦が追ってこないか何度も後ろを振り返りながら逃げる。

投げやりになっているのがわかる。

——それでも僕は幸せになるんだ。ここから描けるものもある。

理想の追求は他人の腐蝕を伴う。そして理想は別の理想を生むから、追求が止《や》むことはない。だから誰もが世界から無意味に間引きされうる。それは仕方のないことだと、真琴は唇を噛む。

邪魔な相手は騙すし殺すし、何でもする。

自分の描きたい絵——理想の絵を描くために、邪魔者は全て腐蝕させるつもりだった。

他人の視点など、不要だった。

17

持田泰治はとある高校生対象の美術展覧会で銅賞を受賞した。

全校集会の授賞式で、司会から「今回の受賞は誰のおかげですか？」と質問をされる。

持田は「先生と仲間たちです」と答えた後、

「それともう二人、お世話になった方がいるのですが——それは秘密とさせてください」

と付け加えた。影塚と真琴が高校を訪れたときのことを思い出していた。

影塚は優しくアドバイスをしてくれた。早乙女真琴は思ったより意地悪だったけど、あれはあれで真琴なりに自分に発破をかけてくれたのだと思う。

何となく名前を出さないほうがいいと思って黙っていた。

もちろん教師と仲間は、今回の受賞に何の役にも立っていない。

それを知らず持田に拍手を送る全校生徒。持田は笑顔でステージ上から頭を下げた。頭を落として誰にも持田の顔が見えないところで、その笑みに嘲笑が混ざった。

——芸術なんてわからないだろ、こいつら。何をへらへらしているんだ。僕の絵が賞を取らなかったら見向きもしなかったくせに。

そんな思いの内に、純粋に絵を評価して欲しいという無垢な理想が含まれていることに持田は気付いていない。

顔を上げたとき、持田はまた全校生徒にとっての理想の生徒となっていた。

18

E駅近くのバーで、美丘静恵は静かに座っていた。

そこに一人の男が入ってきた。モデルのように美しく若い男だった。

「美丘さん。今日はお誘いいただきありがとうございます」

ジャケット姿の男は深く挨拶をした。地方出身の画家だがSNSで注目を集め、都内進出の足がかりを欲しているらしい。そこでセゾン・ド・ミューズに目を付けたようだ。

「今日はセゾン・ド・ミューズ利用についていろいろ教えていただけるということで――」

なぜこんなバーに呼ばれたのだろうと、不思議に思っているようだった。どうも情報収集力が足りないらしく、美丘の醜聞を知らないらしい。ネット上だけで情報を集めるところいうことになる――美丘には好都合なことに。

一通り説明した後、「まあ後はあなたがどうするかね」と、美丘は男に顔を近付けた。

バーテンダーは見て見ぬふりでグラスを磨いている。

「どういうことです」

美丘は男に海外のポルノサイトを見せた。薔薇の花に囲まれて美丘が男に身体をいじくり回されている、例の悪趣味な動画だった。

「な、何ですかこれ？」

「――そういうことよ」

何ら悪びれずに美丘は言った。これ一言で、断ったらセゾン・ド・ミューズ利用の話はなくなると伝わるから楽でいい。

弱みにつけ込み脅迫めいたやり取りが店内でなされることを初めはバーテンダーも嫌がっていたが、やがて何も言わなくなった。

動画流出は今さらどうしようもない。

だから開き直ってみたら、そこに理想の生活が待っていた。

多くの男に相手をさせてきた。その中で早乙女真琴が演出した一夜は忘れられない。もうあの夜は叶わず、それが初めは寂しかったがもう忘れた。無知なアーティストの卵は腐るほどいる。

喉が渇いたのか、男はグラスの中身を飲み干した。

グラスを摑む指がしなやかで長く、美丘は股間が熱く濡れるのを感じた。

19

椛嶋絵里香は『マインド・リトグラフ』の運営で日々忙しい。大きなマスクと眼鏡で顔の表情はほとんど見えないが、周囲の協力と椛嶋自身の高い能力もあり、社内コミュニケーションは順調だった。

「どうだ、早乙女真琴さんについては？」と上司に訊かれる。

「大丈夫そうです」と、椛嶋は目を細めて微笑む。

上司はタイトルを言いかけて止めた。『傷』というタイトルが付けられていたからだ。気にする必要などないのだが、あえて指摘することもないので椛嶋も黙っている。

「早乙女さんのページに掲載するコラムももらっているだろ」

上司の指摘に椛嶋はうなずき、パソコンのファイルを開いた。

『不慮の死を遂げた早乙女真琴が遺《のこ》した銅板を使い、銅版画界の各精鋭たちが刷ることで遺作「傷」は誕生した（タイトルは話し合いの末付けられたらしい）。一体早乙女はどういう意図で銅板に傷を残したのだろう。腐蝕されたその「傷」ははっきりと際立ち、まるで命の証明たる血管のイメージのような、大地に根付く木の幹のような、はたまたいかがわしい絵を切り裂く鑑賞者のナイフのような、多様な解釈を許してくれる。

神がその存在を思い浮かべたときにだけ出てくる、調子よく役に立たない存在であるように、銅版画に宿る神もまた、ただ我々を翻弄するだけである。

説明できないことは神のしわざとなる。つまりは自分たちが説明できることしかこの世にはない。そのロジックに納得する我々は、傲慢な存在なのだ』

なぞるように文章を読むと、上司は「いいんじゃないか」とうなずいた。

「ちょっと大上段に構えすぎな気もするけど、まあいいか。お前、早乙女さんと仲良かっただろ？　ようやくだな」

「本当に残念でした」

椛嶋はつぶやくようにいった。それは本心だが、顔の傷に乱心して真琴をホテルに呼んで、無理矢理セックスしたことを誰にも知られなくなったのは良かった。時間が経てば、早乙女の死に対する気持ちさえ薄れ、もっと椛嶋にとって理想の状況ができあがる。

「しかし天才早乙女真琴が絵と同じ死に方をするなんてな。故人の遺志ではないだろうが、『傷』は余計な跡が残ってなくてよかったと思うよ。このコラムの『神』という表現も、遠回しにそこに触れているのかもな」

真琴の残した銅版の多くには、ポスチュマス・プリントとしてベルソーで無数のまくれが施されていた。特に『自画像』など人の顔が描かれた銅版画には、狙《ねら》ったようにその顔にまくれが残っている。

「こんな肌荒れみたいな痕《あと》、残すことないのに」

首をかしげながら、上司はつぶやいた。

影塚と間宮が真琴のアトリエに入り込んできたとき、間宮の乱暴な振る舞いにより、制作中の銅板にニードルが引っかかり、絵に一本の線が刻まれた。その傷を巡って解釈が議諭されているが、偶然付けられたただの傷であることを、誰も知らない。

20

宇治川は編集長から質問を受けた。

「早乙女真琴の追悼特集、企画として鮮度が大切だ。原稿集まるか？」

「はい。集まらなかったら、いくらでも自分が書きますよ」

それが自分の義務である。宇治川はそう思っている。鮮度という尺度で扱われたくなかった。

「そう言っても、影塚孝志のこともあって事件性があるかもしれないからな……。影塚孝志に仕えていた、あの間宮という男性に取材できたりしないのか？」

「何も話す気はないそうです」

影塚の自宅で使用人として仕えていた間宮という人物が、海外旅行から帰ってきていた。影塚孝志の失踪《しっそう》や早乙女真琴の死について警察から事情聴取を受けたが、何も知らないらしい。直前で解雇されていたそうだ。

宇治川は真琴のことを思い出す。

センセーショナルな死を迎えたせいもあるのか、影塚孝志と早乙女真琴に対する噂は広まっては消えていた。どれが真実かわからなくなっている。

セゾン・ド・ミューズの美丘静恵の男癖の悪さはすでに巷間《こうかん》に知られているが、真琴がそこで展覧会を開いた方法についても、様々な意見が交わされている。

影塚と真琴は学校訪問をしていたが、影塚が非常に優しくアドバイスをしてくれた反面、真琴にひどい言葉を投げかけられたと主張する学生もいる。

また影塚孝志の周囲を探ると、児見山という人物が現れることも世間を驚かせている。児見山は元ホストクラブ経営者で、人心掌握に長《た》けた容貌と話術、そして人脈を備えた人物だった。

注目されていた人間の常で、死後真琴に対するいわれのない誹謗《ひぼう》中傷が寄せられることがあったが、志半《なか》ばでの悲劇的な死は世間の同情を集め、悪い噂は流れて消えていた。それらはネットだけの小さな噂にすぎなかった。影塚と早乙女真琴に身体の関係があったという、馬鹿馬鹿しさ極まりない書き込みも一笑に付されている。

謎《なぞ》に包まれた死は、人々の無責任な話題で消費され続けていた。

その悲劇的な死は、元々好評を得ていた真琴の銅版画にさらなる付加価値をもたらした。現存する絵はどれも非常に高値で取引されている。

真琴を殺した犯人は見つかっていない。

住宅街で通行人が突然石で殴られる通り魔事件が何件か発生していたため、それとの関連性を指摘する声もあるが証拠はない。通り魔事件も発生場所が広範囲にわたっているため、捜査は進展していなかった。

宇治川は、真琴と最後に会った喫茶店を思い出す。

あいつはあのとき、何を考えていたのだろう。なぜ急に逆上したのだろう。

多少偏屈なところもあったが、宇治川は真琴のことを仕事仲間以上に友達だと思っていた。もう一度会って話がしたかった。

「それにしてもあんな死に方するとはね」

「今月はコラム書き直しの件もあるし、いろいろ大変だ」

編集長は疲れた様子でため息をついた。

とある有名な美術ライターの連載コラムが問題になっていた。いくらアーティストとしてのスタンスだとはいえ、全く連絡が付かない赤枝宏伸を社会人失格だと激しく糾弾したのだ。マイルドな表現にしてもらうよう書き直しをお願いしたのだが、突っぱねられてしまい話が進んでいないらしい。

「それにしても早乙女真琴、あんな死に方するとはな」

編集長の言葉がわずらわしかった。宇治川のデスクには栄養ドリンクが乗っている。そういえば最後の日、真琴に一本あげたものと同じだった。

——あの日何があったんだ。早乙女、お前がかわいそうで仕方ないよ。

宇治川は胸が締め付けられるようだった。死体のそばには檸檬が落ちていたらしい。檸檬と言えば、真琴が初めて制作した銅版画の題材だ。なぜ落ちていたのかは不明だが、現場に不釣り合いな黄色い果実は、事件に哀切さをもたらした。

真琴が銅版画でさらなる活躍をし、宇治川がライターとして紹介することで真琴はさらに活躍の場を広げる。

そんな風に思い描いていた理想が訪れることは、永遠になくなった。

エピローグ

――偉大なる人々にとって、誠実さは結局のところ自己欺瞞にすぎない。

影塚の別荘に火を付けて逃げながら、真琴は宇治川が言っていたレンブラントの言葉をもう一度嚙みしめていた。

偉大なる人々とは、他者へ視線を向け、他者を身勝手に評価する人々――つまり、この世の大方の人々を皮肉って言っているのだとしたら。

誰もが誠実さ前提で他者を見つめている――そんな主張は自分を高尚な人間だと詐称するための自己欺瞞でしかない。先入観や偏見をも駆使して大きい意味での理想、つまり独善を用いて人は人を見つめるのであり、真琴も例外ではない。

だから誰も本当の自分を見られることなどない。物語の登場人物が身勝手に印象を押し付けられるのと一緒だ。『お釈迦様』だって『大熊様』に名前を変えれば、印象はたやすく変わる。

まったくの創作かもしれない。レンブラント以外の誰かの言葉かもしれない。結局本当にレンブラントの言葉なのかもしれない。勇気をもらえればそれでいいはずなのに、どうしても出どころを気にしてしまう。

寄る辺ない言葉を、大事にしてしまった。

それこそが言語化であることに気付き、歯がゆさに頭をかきむしった。


電車を乗り継ぎ、都内まで戻ってきた。晴れやかな気分でU町を歩く。

雑踏とモノクロのネオンが、ただ黒いだけの夜に醜くグラデーションを築いている。

Tシャツが微妙に大きい。やけに息が上がる。影塚との同居で痩せたのだろうか。

赤枝と影塚の死体が見つからなければ、自分は生きていける。銅版画家として十分才能も認められているはずだ。まだまだやっていける。

街を見渡した。金も名声もないのに、へらへら楽しく街を闊歩《かっぽ》している連中が邪魔でしょうがない。思わずふふふと笑みが漏れた。

横を通った若い女性二人が、真琴の声に驚いてこっちを見る。気味が悪そうに目をそらして去っていった。

今の女が真琴にそうしたように、人は人を腐蝕させている。気に入らないがお互い様でもある。

赤枝を殺したことで、きっと児見山を殺すことへのためらいは減った。児見山を殺したことで、きっと影塚の死に心乱れることもなかった。

誰も彼も偉そうに見える。殺人もしたことない、展覧会を開いたこともない、路上の女を買ったこともない、年の離れた同性に欲情されたこともないやつら。

――次はどんな銅版画にしようか。

インスピレーションを求めて街を歩いた。ここまで明るい気持ちになったのは久しぶりかもしれない。


表通りから一本道をそれると、急にうらぶれて寂しい通りになった。電柱に貼られたピンサロのちらしがひらひらと揺れ、ビニール袋はガサガサ音を立てて風に転がっている。すれ違う連中も生気の抜けた顔付きだ。真琴は舌先を少し出して笑う。

少し先のほうから賑わう声がする。近付いてみると、そこは民家の一階で開いているような、小さな居酒屋だった。窓から室内の光がにじみ出している。

中を見ると、大勢の客でごった返していた。小さな赤ん坊を連れた柄の悪そうな夫婦や、酔って陽気に笑うサラリーマンなどで賑わっていた。

だが真琴が気になったのは店内ではなかった。店内の視界を遮るように、軒下に木が生えていた。檸檬の木だった。

さらさらと風に枝を揺らしている。果実が一つだけ実っており、ぽてっと木にぶら下がっている。店内の光を浴びて輝いていた。

真琴は木に実った檸檬をジッと眺めている。

初めて制作した銅版画のモチーフ。

まだ家族が機能していた頃に食べていた檸檬の砂糖漬け。

そっと触れてみたら、ささくれだった日々に珍しく、優しい気持ちになった。

今真琴は、銅版画家として一つの区切りを迎えた。それならまた檸檬から初めてもいいのではないか。

夜に光る檸檬を見つめ続けていた。色はわからなくても、この安らぎに嘘はない。

店内はみな楽しそうにしており、それは真琴が知ることのない世界だった。

振り切るために檸檬を盗んで、その場を立ち去った。

もぎ取った瞬間、爽やかなにおいが鼻をくすぐった気がした。


汚い夜の街を歩きながら、銅板にどんな絵を彫るか頭でイメージを重ねていると、道はさらに暗くなっていった。

突然、「おい」と、後ろから野太い声をかけられた。

煙草をくわえ、髭を生やした坊主頭の男と、パサパサの髪で化粧気のない女が立っていた。どちらも背は高くないが百キロ以上はありそうで、女は小さな男の子を抱きかかえている。男の子は眠っていた。なぜか二人は真琴に強く敵意を向けている。

見覚えのない顔に戸惑っていると、

「お前さっき、外から俺たちのことにらんでいただろ？　誰だよ」

と、男が詰め寄ってきた。そこで思い出した。檸檬の木があった居酒屋にいた客だった。

「あー、さっきの居酒屋の」と目を大きく開く。

「紛《まぎ》らわしくてすいません。にらんでいたのではなく、木に実った檸檬を見ていただけですよ」

真琴はほほ笑みながら、ポケットの中の檸檬を見せた。

「何笑ってんだよ」と、しかし男の機嫌は戻らない。酒のにおいがする。

「待ってください。本当ににらんでいないです」

「なめてんのかよ、お前。ぼけーっと口を開けやがって」

男は真琴の胸ぐらを摑んだ。体格の細い真琴はなすすべがない。


砂利道に響く足音だけが冷たく響く。誰もいないはずの境内は妙に広く感じられた。風に揺れる木々がざわめく。

人気のまったくない古ぼけた神社の敷地《しきち》につれてこられた。近所一帯で使っているゴミ集積場があり、いくつもゴミ袋が積まれている。生臭いにおいが鼻をくすぐる。人の気配はまったくない。

何が理由で頭に血を昇らせているかわからないが、ここまでされるいわれなどあるだろうか。適当に謝って済ますことにした。こんないかれたやつに使う暇はない。

「すいませんでした……はい、いいだろ。謝ったんだから」

さっさと帰ろうとしたが、余計な一言を加えてしまった。

男は酒臭い息を真琴に吹きかけたかと思うと——真琴の身体を持ち上げて、思い切りゴミの山に投げ捨てた。

視界がぐるんと回転して、気が付くと「土下座しろ」と男に見下ろされていた。

ごろんと地面に何かが転がる。さっき盗んだ檸檬だった。

眉をひそめて男を見上げる。「何だそのむかつく顔は」と、男の鼻息はまだ荒い。

子どもを抱いたままの女も近付いてきて、気怠そうに真琴の足を蹴った。

「さっさと土下座しろよ。あと財布も置いてけ」

一瞬唖然としてしまった。夫婦そろって馬鹿だったらしい。

どうせこの夫婦より金もあるしこれからもっと名声も得るだろうし、強がっているけどこいつら人を殺したこともないだろうし、余計な消耗をするのが馬鹿馬鹿しくなってきた。

ここまでされて悔しいが、さっさと土下座をして帰ろうとした、そのときだった。

赤ん坊が起きて小さく泣き声を上げた。

母親が「ごめんね、大丈夫」と急に心配そうな顔をする。男も赤ん坊に同様の目を向け、「早く帰って寝ような」と猫なで声を出す。

二人して一瞬で優しげな表情に変わった。ついさっきまで真琴に向けていた、あの醜悪な顔付きは何だったのか。親子という関係の尊さを見せつけられているように感じた。

——なぜそんな優しさを持っているのに、僕に対してはあんなひどいことを。

悔しさから歯ぎしりをしていた。感情が涙と混ざり、形を持って身体を駆け上ってきた気がした。

夫婦のあまりの切り替えの速さに、真琴は吐き捨てるように言葉を投げつけていた。

「何だお前ら、いっちょ前に親の顔すんなよ。お前らみたいなクソ夫婦が子育てしたって、そのガキもろくな人間にならない。さっさと虐待して殺しちまえよ」

男が目を血走らせて真琴のほうを振り向いた。真琴は構わずに続ける。

「だいたいこんな時間までガキを連れ歩くのも、居酒屋に連れていっているのも、煙草を吸っているのも何もかも常識外れだな。やめとけやめとけ子育てなんて。未来の害悪を作るな」

真琴は苛立っていた。恐怖ではなく無力感で、奥歯を鳴らしていた。

夫婦揃《そろ》って暴行に躊躇がない。常識もない。そのくせいっちょ前に子どもに対する愛情は惜しまない。

それに神経を逆撫でされるということは、真琴は家族にそういう面を求めていたことを意味する。子どもができれば多少は品行もよくなるだろう。誰かが間違えば誰かが正してくれるような環境なのだろう。それが家族の定義だという認識があった。それが真琴には叶わなかった理想の家族だった。それを思い知ってしまった――。

女が近寄ってきて、今度は真琴の腹部を上から踏みつけてきた。酸っぱい液が喉にこみ上げてくる。

「死にてーのかよ」と、女は逆上していて、何度も太い足で踏みつけてくる。

この醜い男女と子の間にも愛のようなものがあるかと思うと、めちゃくちゃに破壊してやりたくなった。ゴミの山に埋もれて暴行を受けるような人間に、真っ当な思考を期待しないでほしい――。

真琴は隙を突いて立ち上がると、女の手から子どもを奪い取って持ち上げた。途端に泣き声が上がる。赤ん坊の柔らかな体温が指を伝ってくる。

「うるせーんだよ。このクソガキ、殺してやろうか」

電車の中で赤ん坊の泣き声にいらついた、遠い昔のことを思い出した。真琴だけが例外ではない。子どもの泣き声はうるさくて鬱陶しいから、環境が整えば誰だって真琴のように虐待されるのだ。そうでないと、虐待を受けた真琴は納得できないし、報われない――。

男と女はさすがに目を丸くして動きを止めた。威勢を止めた二人に大声をぶつけた。

「このガキ地面に叩き付けるぞ。脳味噌《のうみそ》ぶちまけてあの世行きだぞ」

子どもを激しく揺さぶった。首ががくんがくんと動く。ワッと泣き声が周囲に響く。

頭が馬鹿になったのか、それとも愛情とやらで向こう見ずになったのか、「てめー」と男は何も考えずに近寄ってくる。

「だからさー。そんなことするとこのガキ死ぬことになるぞって言ってんだよ。どうするんだよ。もしかして本気じゃないとでも思ってるのか？　いつでもやってやるよ、何人殺しても一緒だからよ。きゅーって首絞めるか？　顔面ぶん殴って目鼻口全部つぶすか？」

真琴は赤ん坊を持ち上げたまま、にやにやしながら男に顔を近付けた。

「お前らみたいな低能とは生きている世界が違うんだよ。僕は影塚孝志に認められたんだ
——謝るか？　どうする？」

「待て、わかったから返せ」

ようやく夫婦は情けない顔を見せた。きっと虐待を受けているとき、学生時代にいじめられているときの真琴も、こんな顔をしていたのだろう。でも許されることはなかった。だからこの夫婦も許されない。

「調子いいこと言うなよ。お前らが全裸で土下座しろ」

夫婦は顔を見合わせる。「早くしろ」と真琴が怒鳴っても、まだ躊躇している。

「ガキに土下座してもらうか。このまま叩き付ければ地面に這いつくばって土下座扱いにしてやるよ」

ようやく観念したのか、二人は脱ぎ始める。男の乳首の周りに生えた毛とか、女のブラジャーの跡とか、だらしない体つきの二人のさらにだらしない箇所を見て、まるでからかわれているような不快感を覚えた。今は小さな赤ん坊も、こんな二人からできた子どもならいつかこんな身体になるのか。急に馬鹿馬鹿しくなった。

二人は全裸で正座すると、震えながら地面に額をこすりつけて土下座した。黴《か》びた餅《もち》を二つ並べたようだった。

「恥ずかしくないのかよ、パパさんにママさん」

げらげら笑いながら二人を見下ろす。真琴の笑い声と赤ん坊の泣き声が混ざったやかましさはさらにむしゃくしゃするような憤りを助長するが、満足した真琴は二人に告げた。

「よくできましたっと。このガキにちゃんと教えろよ。パパとママは裸で土下座した恥ずかしいものどうしの夫婦ですってな」

赤ん坊以外、この場にいる全員が救いようのないクズだった。これが真琴にとって理想の世界かもしれないが、子どももクズの仲間入りをする未来を想像すると、不思議とやるせない。

「しかしうるさいガキだな。わかったよ」

真琴は子どもを返した。女のほうが受け取り、全裸も厭わず慈しむように子どもを抱きかかえる。

そのときだった。突然髪の毛を摑まれた。柔らかい髪はぶちぶちと抜けていく。次に頰に強い衝撃を受けた。男のほうに殴られたのだった。瞬時に口の中に鉄臭さが広がる。

「絶対に殺す」

男は全裸のままゴミの山に倒れ込んだ真琴を太い腕で何度も殴りつける。

どうして仕返しされることに思いが及ばなかったのか、真琴もわからなかった。身体はゴミの山に埋もれていき、何か固いものが首をかすめた気がした。

赤ん坊の泣き声の中、真琴はただただ何度も殴られた。顔が熱を持ったように火照る。

視界の端《はし》に女も見える。真琴のことより大事なのだろう、心配そうに子どもを抱えている。

突然、男の手が止まった。しかめっ面をして拳を見ている。

真琴の面皰が破けて、中から膿が出て男の拳を汚したのだった。

「きったねーな」とぼやく男に、「足を使えよ」と服を着た女も加わってきた。男と子どもを抱えた女が、二人して真琴を踏んづけてきた。

顔面を中心に、真琴は二人に強い力で踏まれ続けた。鼻血が出て唇は切れて歯は折れた。胸を踏まれたときは呼吸ができなくなり咳《せ》き込《こ》んだ。空っぽの胃から胃液を吐き出した。失禁もしていた。

夫婦の蹴りは容赦がなく、失禁して熱かった股間にさらに衝撃を受けた途端、身体中にねじられるような痛みが走り、下半身の感覚がなくなった。睾丸《こうがん》を潰されたのだった。

子どもの泣き声は続く。なぜかそれがもどかしいのではなく、悲しい。

この子が気の毒なのは、どういう感情から来ているのだろう。

「ガキ人質に取るとか生きてる価値ねえぞ」

最後にもう一度男に胸部を潰された。暴行を受けて身体中が熱い中で、首だけが冷たい。満足したのか疲れたのか、夫婦はようやく足を止めた。

「こいつは全裸にしてここに捨てておこうぜ……その前に財布だな」

男にポケットの中の財布を取られた。財布の中を見た男が目を丸くする。

「は？　こいつ、何でこんな札束入ってるんだ？　クレジットカードもプラチナだらけだぞ」

「ラッキーじゃん」と女も嬉しそうに声を上げる。

服を着ながら男は「お前が悪いんだからな」と真琴に言葉を投げた。

「うわっ、キモい顔。もうボコボコじゃん。さっさと死ねよ化け物」

女の言葉を最後に、親子はその場から去っていく。

母親は大事そうに子どもを抱え、父親はそれに寄り添っている。母親のぬくもりで落ち着いたのか、いつの間にか泣き声は止んでいた。子どもはすやすやと寝ているようだった。

二人の背中はやけに意気揚々としていた。

人の命など何とも思わない夫婦に腐蝕されている自分が、真琴は哀《あわ》れでしょうがない。

ゴミの山に倒れ込む真琴を、生ゴミのにおいが覆っている。

――こんなこともある。人と人は腐蝕し合うのだから。

全身の激しい痛みの中、真琴も立ち上がろうとしたが、なぜか身体に力が入らない。

さっき冷たかった首が、今度は熱い。白黒の視界がぼやけ始めている。まさかと思い触れた。べっとりと手に付いた黒い液体は本当は赤いのだろう――大量の血だった。

気が付けばゴミ袋も血で汚れている。ゴミ袋の一つから、硝子の破片が突き出ていた。それで首を刺したらしい。背中を汗よりも粘性のある液体が伝うのがわかった。これもおそらく血液だった。

再び立ち上がろうとした瞬間、ビニールボールから空気が抜けるように、びゅっと傷口から血液が吹き出て、やはり力が入らなくて、「嘘だろ……」と、再び真琴は倒れた。

怖ろしさが募る。檸檬に目を留めなければよかった。くだらない感傷で動かなければよかった。そうすればこんなことにならなかったのに。

あんな檸檬のせいで、あんなクソみたいな親子に出くわしてしまった――。

惨めで涙が流れてくる。そのときに気付いた。

人から排出されるものは何もかも不愉快なはずだった。毛髪、唾液、汗、嘔吐物、精液、糞尿。

だが涙だけは不愉快ではないように思った。なぜだろうか。

その人が何か辛《つら》い思いやうれしい思いをしたことを瞬時に悟るからだろうか。共感するのだろうか。

だとしたら涙は、人と人が繫がり合う尊さの証拠となるのだろうか。

そのことを知っていたら、他者ともっと違う関係性が築けていたのだろうか――。

今となってはわからない。真琴に限ってはそうならないかもしれない。

――僕なりの方法で生きるんだよ。人殺しをしたこともあるんだ、他のやつらとは経験値が違う。世の中全てを腐蝕させるんだ。

真琴にとってはたかが殺人でも、他人にとってはそうであってほしくはない。思い上がった連中を見下したかった。何も失いたくないし、誰にも腐蝕されたくない。

銅版画という武器を手に入れたから、ここまでやってこられた。

銅版画家として生きていくために、影塚と共謀して何でもしてきた。

才能がありそうな若い芽は暴言でつぶしてきた。

時には赤枝のように、結果殺すこともした。

美丘を懐柔するために、児見山をバーに向かわせ夜の相手をさせた。

まだまだ何でもするつもりだった。世界を腐蝕させればさせるほど、精巧な銅版画——

理想の銅版画ができあがる。

ずっと夢を見ていた。

生きていれば徐々に幸せになっていく。

明日を待ち遠しく感じる思いが強くなっていく。

そう信じていける、そんな夢。

それらは全部、根拠のない思い込みだった。

「ねえ、一人にしないでよ」

朦朧《もうろう》とする意識の中でつぶやいた。

「銅版画、がんばってきたんだよ」

一度でも見た夢や理想なら、諦められることも忘れられることもない。

虚ろな意識で、これまでの人生を思い返す。それは言語化であり、物語化だった。

真琴は言語化や物語化を憎悪していた。なぜなら真琴の外面や内面など、真琴を構成する全ての要素は暗く淀んでいて、言語化や物語化されたとしても、誰も感銘を受けるはずがなかったからだった。銅版画を始めるまで、誰も真琴の話を聞こうとしなかった。

「助けてよ」

誰も助けには来ない。そして死に際といえども、錆《さ》びた鉄に爪を立てたような、もしくはガマガエルのようなその声は耳障りでしかなかった。

——貪欲なまでに理想を追い求めて、僕だけの銅版画を制作していきたいです。

どこかのサイトのプロフィールに寄せたメッセージをふと思い出す。

当然すぎて空虚な文言だった。誰もが理想を通して世界に触れているのは自明だろう。だから真琴も、誰かに理想を押し付けられている。独善性によって腐蝕されている。しかし必ずしも、その誰かの理想通りに腐蝕されるとは限らない。もし理想の腐蝕でなかったら、失望され軽蔑され非難される。誰だってそうだろう、誰だって——。

遠くなる意識の中、真琴はそんなことを思った。


薄暗い早朝、腐臭漂うゴミ捨て場で、数羽のカラスが生ゴミをついばんでいた。

静かな境内にガサガサと、ゴミを荒らす音だけが響く。

だが気が済んだのか、不快な鳴き声を上げると黒い翼を広げ、鈍色の空に飛んでいった。

荒れ果てたゴミ捨て場が後に残った。

そこに、男が一人死んでいる。

腫れ上がった男の頬には、涙が流れた跡があった。

男の顔中にできたおびただしい数の面皰は、蛞蝓《なめくじ》のような生白い肌にひときわ目立った。まるで大福に切れ目を二つ入れたような細い目は魚のように離れていた。元々厚ぼったい瞼《まぶた》で目つきはいつも悪く、時には視線を向けるだけで人の怒りを誘った。前歯は突き出ており、意識的に閉じていないと口は呆《ほう》けたように開いてしまった。二十四歳ですでに髪は薄く、産毛《うぶげ》のように柔らかくなっていた。少し風が吹くだけでひらひらと情けなくなびいた。

小柄でやせ細った身体の割に頭部は大きいという歪なバランスで、高校時代には『胎児くん』と呼ばれた。そのせいでへその緒代わりのロープで縛られ、羊水代わりにワックスまみれにされたうえ全裸で女子トイレに閉じ込められるという、『トイレに捨てられた中絶児ごっこ』といういじめのターゲットとなった。

直接的に馬鹿にされたことはもちろん数知れない。かっこいいなどと皮肉られた記憶も限りない。ファッション好きであることもそれに拍車をかけた。

晴れの舞台である展覧会のポスターに載せた顔写真でさえ、せせら笑いの対象だった。通りかかったカップルがポスターを見ると、いやらしい笑みを浮かべて中に入ってきた。この顔でどんな作品を物にしているかと気になったらしい。

高校を訪問すれば美術室に入るなり部員に嘲笑され、そっと手に触れてみただけで嫌そうに肩をすくめられた。

当然、金を払う以外の手段で女を抱いたことはない。男を愛したのは、歪んだ支配欲に満たされたパトロンだけだった。

男はいつも一生懸命だった。虚勢を張って威厳を得ようとした。しかし銅版画の世界から一歩抜け出せば、何をしようと笑いものだった。

特徴的な容姿による数々の不遇は世間への恨みへ向けられ、銅版画の才能は恨みを具現化することを可能にした。何をしていても、この容貌で生まれたことへの憎悪へと帰結した。

しかしゴミ捨て場で無様に息を引き取る。

それが、早乙女真琴の最期だった。

■参考文献

早坂優子『銅版画ノート』視覚デザイン研究所
日本放送協会（編集）・日本放送出版協会（編集）『山本容子のエッチング入門：銅版画で遊ぼう』日本放送出版協会
ポストメディア編集部・編『BL好きのための　オトコのカラダとセックス』一迅社
二村ヒトシ・岡田育・金田淳子『オトコのカラダはキモチいい』KADOKAWA
藤村シシン『古代ギリシャのリアル』実業之日本社
木下長宏『自画像の思想史』五柳書院

柾木政宗（まさき　まさむね）

1981年、埼玉県川越市生まれ。ワセダミステリクラブ出身。

2017年『NO推理、NO探偵？』で「メフィスト」座談会を侃々諤々たる議論の渦に叩き込み、
第53回メフィスト賞を受賞しデビューを果たす。

著書に『朝比奈うさぎの謎解き錬愛術』『ネタバレ厳禁症候群～So signs can't be missed !～』

『困ったときは再起動しましょう　社内ヘルプデスク・蜜石莉名の事件チケット』

『まだ出会っていないあなたへ』『歌舞伎町の終活屋』などがある。

※本書は書き下ろしです。
この物語はフィクションです。実在するいかなる個人、団体、場所等とも一切関係ありません。

食《しょっ》刻《こく》

2025年3月17日　第一刷発行

著　者　柾木《まさき》政宗《まさむね》

発行者　篠木和久

発行所　株式会社　講談社
〒112-8001 東京都文京区音羽2-12-21
電話　出版　03-5395-3506
　　　販売　03-5395-5817
　　　業務　03-5395-3615

本文データ制作　講談社デジタル製作

印刷所　株式会社KPSプロダクツ

製本所　株式会社国宝社

ISBN 978-4-06-538700-9　N.D.C.913 287p 19cm

KODANSHA